KB113888

내일을 향해 쏴라

김동석 장편 소설

FUSION FANTASTIC STORY

내일을 향해 쏴라 13

김형석 장편 소설

초판 1쇄 찍은 날 § 2015년 7월 17일
초판 1쇄 펴낸 날 § 2015년 7월 24일

지은이 § 김형석
펴낸이 § 서경석

편집책임 § 박가연

펴낸곳 § 도서출판 청어람
등록번호 § 제387-1999-000006호
등록일자 § 1999. 5. 31
어람번호 § 제1-2178호

주소 § 경기도 부천시 원미구 부일로 483번길 40 서경B/D 3F (우) 420-822
전화 § 032-656-4452 팩스 § 032-656-4453
http://www.chungeoram.com
E-mail § chungeorambook@daum.net

ISBN 979-11-04-90321-2 04810
ISBN 979-11-316-9142-7 (세트)

내일을 향해 쏴라

13

김형석 장편 소설

FUSION FANTASTIC STORY

CONTENTS

Chapter 1

1

"가수 이수예요. 조금 이따가 여섯 시에 보라매공원 야외 무대에서 제 콘서트가 있을 예정입니다. 여러분 모두를 초대합니다."

이대에 입성하자마자 로드러너의 수가 마이크를 쥐고 관객을 모으기 위해 애를 썼다.

이제 시간과의 싸움이다.

약 8분이라는 주어진 시간 동안 얼마나 더 많은 시민의 마음을 얻느냐에 따라서 게릴라 콘서트의 성사 여부가 결정된다.

"추우시죠? 제가 책임지고 이 추위 날려 드리겠습니다. 꼭 와주세요!"

"안녕하세요, 가수 지아예요! 오늘은 제 스페셜한 무대도 포함되어 있답니다. 한 번씩 들러주시지 않으면 후회할 거예요!"

지아까지 두 발 벗고 나서서 지원사격을 날렸다.

다행히 반응은 호의적이었다.

수의 예상대로 패션의 거리인 이대 부근을 찾은 많은 중국 관광객과 여대생들의 마음을 얻을 수 있었다. 지아가 나서게 되면서 얻은 몇몇 남성의 마음은 덤이다.

수가 힐끗 대형 아날로그 전자시계를 보았다.

남은 시간은 00:01:23초.

마음 같아서는 이대로 신촌으로 넘어가서 홍보를 하고 싶었지만 그러기엔 턱없이 시간이 부족했다.

몰려드는 인파 속에서 지아가 슬쩍 말을 걸었다.

"저기, 오빠."

"네?"

"썸이란 노래 알아요?"

어떤 이성 친구와 사귀는 것은 아니지만, 사귀려고 관계를 나아가는 단계를 일컫는 썸이라는 신종 단어를 대중들에게 각인시킨 이 노래는 가수 소유와 정기고의 듀엣으로 큰 사랑을 받았다.

"그 노래 모르면 간첩이게요."

지아가 손가락을 탁 튕겼다.

"듀엣 콜?"

"지금요?"

"고민할 시간도 없어요. 후렴 부분만 느낌 있게 살려요. 우리 노래 들은 사람은 무조건 오게 만든다는 일념으로! 아셨죠?"

잠시 고민을 하던 수가 비장하게 끄덕였다.

그녀의 제안이 일리가 있다고 판단한 것이다.

'가수는 노래로 관객을 모으는 거야.'

결정을 내리기가 무섭게 수와 지아가 나란히 서서 눈빛을 교환했다.

둘 다 가수이긴 했지만 본인들의 노래가 아니다. 야외에서 찬바람을 맞느라 목도 좋지 않다. 결정적으로 한 번도 호흡을 맞춰본 적이 없었다. 하지만 머뭇거릴 틈은 없었다.

수는 마치 자신이 썸을 타는 주인공이 된 듯 지아를 그윽하게 보았다.

어깨에 짊어지고 있는 많은 돌덩이를 잠시 잊고 지금 이 순간 썸을 타는 설레는 단계의 풋풋한 연인으로 돌아갔다.

"가끔 나도 모르게 짜증이 나."

반주도 없이 그저 확성 효과만 지닌 마이크에 의지해 수가 고백하듯 읊조렸다.

진심이 담긴 그의 말이 점차 몰려든 시민들의 귀를 사로잡는다.

후창으로 지아가 바통을 이어받았다.

"울리지 않는……."

연기자로도 활동을 하는 지아의 얼굴은 정말로 사랑스러웠다.

슬쩍슬쩍 모르는 척 눈길을 피하기도 하고, 토라지는 제스처는 정말 수를 마음에 두고 있는 그녀의 진심이 묻어나는 게 아닌지 착각이 들 정도였다.

"요즘 따라 내꺼……."

서로를 향한 마음을 숨긴 채 수와 지아가 본심을 주거니 받는다.

놀라운 건 두 사람이 마치 수백 번 연습하고 무대에 나선 것처럼 놀라운 호흡을 보이고 있다는 것이다.

'괴, 굉장해. 잘 부르는 건 알았지만, 날 완전히 리드하고 있잖아?'

갑작스러운 공연으로 소란한 와중에 제일 놀란 건 다름 아닌 듀엣을 부르고 있는 당사자 지아다.

단순히 화음을 맞추는 데서 끝나지 않았다. 수는 자기 색깔을 고스란히 드러내면서도 후렴을 부르는 내내 지아를 배려하면서 노래를 불렀다.

지아가 힐끗 몰려든 시민들을 보았다.

여자의 적은 여자라고 그녀의 눈에 여대생들이 반응이 제일 먼저 들어왔다.

'눈 좀 봐라, 홀려도 단단히 홀렸어.'

여대생들은 하나같이 자신이 썸의 주인공이라도 된 것마냥 설레는 표정을 짓고 있었다. 예상은 했지만 생각했던 것 이상으로 푹 빠진듯 보였다.

'쟤들은 무조건 와.'

지아는 확신했다.

여자는 감성적인 동물이다.

수는 태생적으로 그런 여성의 마음에 터치를 하고 끌리게 만드는 마성의 목소리를 지녔다. 한 번 듣게 되면 절대 헤어 나올 수가 없을 만큼 섹시하다.

"난 듣기 싫어졌어."

수와 지아는 가슴에 손을 얹고 마지막 구절을 불렀다.

동시에 약속이라도 한 듯이 아날로그 전자시계의 시간이 변했다.

00:00:00.

수에게 주어진 홍보 시간이 끝난 것이다.

마지막으로 수가 손을 흔들며 시민들에게 작별을 고했다.

"감사합니다. 꼭 와주세요!"

제작진은 마무리 멘트가 끝나자마자 마이크를 회수하며 더 이상의 홍보가 불가능하도록 사전에 완전히 차단했다. 행여나 민감하게 구는 시청자들이 태클을 걸까 하는 우려 때문이다.

수와 지아, 유민수는 따로 준비해 둔 차량으로 옮겨 탔다.

원래대로라면 외부와 단절된 곳에서 늦은 식사를 한 뒤에, 본공연 시작에 맞춰서 보라매공원으로 이동할 계획이었다.

하지만 중간에 많은 시간을 허비한 까닭에 곧장 야외 공연장으로 이동해서 대기를 해야 할 듯싶었다.

유민수가 입을 열었다.

"7천 명 채울 수 있을까요? 분위기는 나빠 보이지 않던데……."

"뚜껑 열어봐야 알겠지만…… 올 거예요. 내 콘서트마냥 나서서 홍보했는걸요?"

"그러게요. 지아 씨 파워가 궁금한데요?"

수는 말없이 웃기만 했다.

여러 모로 머리가 복잡했다. 미션 성공 여부도 중요하지만 의식을 잃었다는 진서가 머릿속에서 떠나질 않았다.

사소한 여담을 나누며 이동 중인 차량 안에서 김재영PD가 말했다.

"저, 잠시 전달해 드릴 말씀이 있습니다."

세 사람이 동시에 그를 응시했다.

김재영PD가 뜸을 들이다가 어렵사리 입술을 뗐다.

"수 씨, 매니저분한테 연락이 왔는데 진서 씨 건강이 더 악화됐다고 합니다."

"……!"

"저, 정말요? 이를 어째……."

지아가 안타까워하며 수의 안색을 살폈다.

애써 담담한 척, 수가 재차 물었다.

"많이 안 좋다고 하나요?"

"오늘을 넘기기 힘들 수도 있다고 합니다."

"……."

수는 할 말을 잃었다.

안 좋을 거라고 짐작은 했지만 막상 전해 듣고 나니 느끼는 바가 컸다.

"그렇다고 지금 갈 수는……."

지아가 어렵게 말을 꺼내긴 했지만 쉽지 않은 일이다.

공연장까지의 이동 시간을 고려하고 메이크업 등 준비 시간을 감안하면 병원까지 들르기에는 시간이 넉넉지 못하다.

"……가는 일은 없을 겁니다."

"수 오빠."

"저를 위해서 와주신 팬분들이잖아요? 기다리게 하는 건 예의가 아니죠."

수는 쓰게 웃었다. 슬픔이 갈무리된 미소다.

차창 밖으로 시선을 돌린 수가 무릎 위의 주먹을 꽉 말아 쥐었다. 손톱이 살 안으로 파고들어 통증이 있었지만 그만큼 간절했다.

'버텨줘.'

더 바라지도 않는다.

게릴라 콘서트가 끝나고 수가 갈 때까지만이라도 살아 있기를 바라고 기도했다.

중간쯤 이동하자 신아영 작가가 수에게 안대를 건넸다.

"지금부터는 외부와의 차단을 위해서 안대를 차고 이동하겠습니다."

안대는 철저하게 출연 가수의 시각을 차단해 게릴라 콘서트에 모인 관객의 숫자를 알지 못하게 만드는 일종의 장치다.

대략적인 관객의 숫자조차 짐작하지 못하게 함으로써 출연 가수가 느낄 긴장감을 시청자들도 똑같이 느끼게 하는 효과를 발휘한다.

끼이익.

차량이 멈췄다.

안대를 착용한 까닭에 시야가 막힌 수는 유민수의 도움을 받아 야외무대 뒤편에 따로 마련된 대기실로 이동했다.

"여기까지 오는데 밖에서 아무 소리도 안 들리네요. 걱정되게……."

수도 살짝 긴장되어 보였다.

안대는 시력을 뺏어가지만, 청력까지 막진 못한다. 그런 이유로 관객들이 모였다면 어떤 웅성거림이라도 들을 수 있을 거였다. 하지만 주변이 너무 고요해 적막하기까지 하다.

철저하게 외부와 시야가 차단된 대기실의 수는 안대를 벗고 다시 메이크업을 받았다.

늦게나마 도시락 식사도 제공됐지만 일절 손을 대지 않았다.

"조금 드셔야 하지 않겠어요?"

"배가 부르면 노래 부르기가 힘들어서요. 공복이 차라리 나아요."

시간은 참 더디게 흘렀다.

정말 느리게 흘러가는 건지 수만 그렇게 느끼는지 헷갈릴 정도였다.

한참 뒤에 대기실의 문이 열렸다.

"삼 분 뒤에 스탠바이합니다. 안대 착용해 주세요."

수가 고개를 끄덕이며 안대를 착용했다.

FD가 시간을 확인한 뒤 수의 팔짱을 끼고 무대 밖으로 인도했다. 공개 전까지 외부와 철저하게 차단하고자 하는 제작진의 의지가 어느 정도인지를 알 법한 대목이다.

"이거 꼭 잡고 서 계세요."

무대 뒤쪽 레프트에 탑승한 수가 안전장비를 꽉 쥐었다.

무대 반대편에서 유민수의 힘찬 목소리가 확성기를 타고 들린다.

"소개합니다! 오늘의 주인공 한류스타 이수 씨입니다!"

지이잉!

힘찬 소개에 맞춰 레프트가 올라간다. 진동에 몸이 갸우뚱하긴 했지만 균형을 유지하는 게 그리 어렵진 않았다.

"어? 오셨네요."

무대에 딱 도착하자 지아가 얼른 달려와 수에게 팔짱을 꼈다. 안대로 인해 시야가 차단된 수를 무대 가운데로 데려오기 위함이다.

유민수가 마이크를 입가에 대며 질문을 던졌다.

"많이 긴장되시죠?"

"네."

"목표 인원이 7천 명인데, 혹시 예상 숫자가 얼마쯤 되시는 지요?"

수가 잠시 말을 아꼈다.

몇 천 명이나 되는 인파가 몰렸으면 웅성거림으로라도 그 숫자를 짐작할 수 있어야 하는데, 그조차도 파악이 불가능했다.

"잘 모르겠습니다. 그저 바람은 많이 와주셨다면 좋겠네요."

"대략 얼마쯤 생각하시는지?"

"만 명이요."

"하하! 이거 중국을 평정한 한류가수답게 스케일이 남다르시네요."

이번엔 지아가 바통을 이어받아 질문을 던졌다.

"만약 실패하게 된다면 어떨 거 같나요?"

"실패요?"

반문을 했던 수가 곰곰이 생각을 하다가 대답했다.

"실망하지 않을 거 같네요."

"……."

"여기까지 절 보러 와주신 분들이 있습니다. 절 기억해 주고 보고 싶어 해주실 때까지, 그저 따뜻하게 더 팬분들을 사랑하고자 합니다."

마지막 질문을 끝으로 이제 최후의 순간만을 앞두게 되었다.

"더 시간 끌면 안 되겠죠? 이수 씨, 이제 안대를 벗어주세요!"

수가 살짝 떨리는 손으로 안대를 잡았다.

미칠 듯이 뛰는 심장박동을 뒤로하고 안대를 벗는 그 순간, 무대의 조명이 쏟아지며 시야를 흐린다.

잔뜩 인상을 찌푸린 채 정면의 관객석을 바라보자 서서히 시야가 돌아온다.

"……!"

숨죽이고 관객석을 바라보는 순간 엄청난 함성이 일어났다.

와아아아!

보라매공원이 떠나갈 듯 마음으로 연호한다. 겨울의 추위

마저 잊게 만들 만큼 뜨거운 열기가 공기를 타고 수에게 전해진다.

"이수! 이수!"

"리 쇼우! 리 쇼우!"

"어…… 어."

자신을 부르는 관객의 연호에 수는 정신을 차리지 못했다. 셀 수 없이 많은 인파에 그만 압도당한 것이다.

'……생각했던 것 이상으로 훨씬 많은 분이 와줬어.'

제작진이 마련해 놓은 의자에 빈자리는 보이지 않는다. 의자가 동이 나자 측면과 후면에 빼곡하게 팬들이 늘어서 있다. 콩나물시루처럼 다닥다닥 붙은 사람들의 수만 눈대중으로 헤아려도 결코 적지 않다.

"아……."

목이 메어서 말이 나오질 않는다.

점차 현실을 인지할수록 감정이 복받쳤다. 감당하기 벅찬 감동의 물결에 숨쉬기가 버거울 정도다.

'이 많은 사람이 날 보러 와줬어. 나 이수의 노래를 들으러.'

가슴 가득 뜨거운 무언가가 치밀었다.

울컥하는 그 감정을 이기지 못하고 끝내 기쁨의 눈물을 보였다.

수는 다시 눈을 크게 뜨고 찾아준 팬들을 눈 안에 담았다.

할 수 있다면 저들의 얼굴을 모두 기억해 두고 싶을 정도다.

정말이지 셀 수도 없을 만큼 많은 팬이 찾아줬다. 살갗을 찢는 맹추위 속에서 소중한 시간을 쪼개 야외 특설무대를 찾아준 팬들이 너무도 고마웠다.

유민수가 수에게 마이크를 가져다 대며 물었다.

"이수 씨, 지금 기분이 어떠신지?"

"뭐, 뭐라 말을 해야 할지 모르겠네요. 너무 많은 분이 찾아주셔서 얼떨떨합니다."

수의 목소리가 미묘하게 떨린다.

살을 에는 한겨울날의 추위 때문이 아니다. 벅찬 기쁨의 감정을 주체하지 못해서다.

지아가 슬그머니 그런 수를 보며 놀렸다.

"지금 우시는 거예요? 그죠?"

"눈물이 많은 남자는 아닌데…… 오늘은 절 울리시네요."

"저런! 센 남자 이수 씨, 찬물을 끼얹는 거 같아 좀 그렇지만 아직 기뻐하시기엔 이른 거 아시죠?"

"네, 알고 있습니다."

수가 고개를 끄덕이며 감정을 추슬렀다.

안도하기엔 아직 이르다.

만에 하나 목표 인원을 달성하지 못하면 한겨울날 시간을 빼서 수를 보고자 찾아온 수많은 팬을 되돌려 보내야 한다.

그러기는 죽기보다 싫었다.

"목표 인원에 도달했을 것 같습니까?"

"네, 도달했을 거라고 믿고 있습니다."

"자신만만하신데요? 수 씨가 생각하시기에 몇 명쯤 오신 거 같나요?"

수가 눈동자를 굴리며 쭉 관객석을 훑어보았다.

대략적으로 계산을 해보려고 했지만 아무런 생각도 들지 않는다. 솔직히 말하면 얼마의 숫자가 온 건지 감조차 잡히지 않는다.

"많이 오신 거 같아요. 제가 생각했던 것 이상으로……."

"아까 말씀하셨던 만 명을 넘어설 것 같나요?"

"네."

"이거 역대 급 인원인데요? 그 말씀은 자신이 있단 건데, 과연 최고 인원을 갱신할 수 있을지 저도 기대됩니다."

마이크를 넘겨받은 유민수가 뒤편의 대형 전자기기판을 가리키며 최후의 멘트를 날렸다.

"자! 이제 목표 인원 집계를 보도록 하겠습니다. 보여주시죠!"

띠리리리리!

전자기기판의 숫자가 시시각각으로 변한다.

이 순간만큼은 한마음으로 수를 연호하던 관객들도 숨을 죽였다.

저 숫자의 여하에 따라 미션 성공 여부가 갈린다. 수의 콘서트를 볼 수 있을지 말지 당락이 걸린 일이다.

"일 자리 숫자는 9!"

띠리리리!

"십 자리 숫자는 4!"

띠리리리!

"백 자리 숫자는 7!"

뒤에 세 자리 749는 변하지 않는다.

지금 공개가 될 천 자리에서 콘서트의 성사 여부가 결정된다.

'제발, 넘어주기를.'

수는 입술을 깨물고 간절히 바랐다.

이 추운 날 자신을 보고자 찾아준 팬들에게 실망을 주고 싶지 않다. 그의 노래로 어떻게든 보답을 해주고 싶다.

"드디어 공개됩니다, 대망의 천 자리는!"

띠리리리!

앞서보다 더디게 시간을 끌며 공개하지 않는 숫자.

그 덕에 콘서트장의 분위기는 긴장감으로 한층 더 날카로워진다.

띠리리리!

오락가락하듯 변해가던 숫자가 서서히 느려지더니 딱 멈췄다.

"아······."

"어, 어떻게 해……."

천 단위까지 최종적으로 공개된 숫자에 유민수와 지아를 비롯해 관객석 여기저기에서 허탈감에 찬 탄성이 터져 나왔다.

유민수가 안타까운 멘트를 이어갔다.

"이. 이럴 수가 있나요. 숫자 5가 나오고 말았습니다. 이리되면 총 5,749명으로 목표 인원 7,000명에는 아쉽게도 미치지 못하게 되었습니다."

"……."

맥이 탁 풀렸다.

견디기 힘든 실망감과 허탈감이 밀물처럼 밀고 들어와 몸을 잠식했다.

'결국 넘지 못한 건가?'

아쉬운 마음에 수는 전자기기판에서 눈을 떼지 못했다.

자신을 위해 콘서트장까지 찾아준 팬들에게 어떤 사죄의 말을 해야 할지 막막했다.

'나 끝났어.'

아쉬움이 남지만 결과를 뒤집기에는 너무 늦어버렸다.

바로 그때였다.

"괜찮아! 괜찮아!"

"메이관시(괜찮아)!"

"……!"

수가 응원을 보내는 팬들을 보고 입술을 깨물었다. 미션 실패에도 불구하고 한결같이 수를 응원하고 격려하는 모습에 마음 한구석이 짠해졌다.

"어! 어?"

그때 결과에 안타까워하던 지아가 당황했다.

띠리리리리!

특유의 전자음을 내며 멈춰 있던 전자기기판의 만 자리 숫자가 돌아가기 시작한 것이다.

"이게 무슨 일이죠? 기판의 숫자가 다시 움직입니다!"

"⋯⋯!"

단념을 하고 있던 수와 관객들이 뭔가에 홀린 듯 전자기기판을 쳐다본다.

띠리리리리!

피를 말리듯 쉬지 않고 변하다 하나의 숫자에서 멈췄다.

"1! 숫자 1이 나왔습니다! 무려 만 자리입니다."

"그러면⋯⋯.

"15,749명! 가수 이수 씨가 역대 게릴라 콘서트 최고 인원을 갱신했습니다!"

"마, 만 명⋯⋯."

멍하니 전자기기판을 쳐다보기만 하는 수.

지아가 기쁨을 주체하지 못하고 불쑥 수에게 안겨서 아이처럼 발을 굴렀다.

"수 오빠! 해냈어요! 이건 기적이라고요!"

"⋯⋯."

수도 여전히 믿기지 않는지 전자기기판에 뜬 15,749라는 숫자에서 눈을 떼지 못했다.

'⋯⋯해냈어. 내가 해냈다고.'

그제야 수도 실감이 났다.

설마 하니 만 명을 돌파할 줄이야. 7천 명이란 숫자도 버거울 거라는 예상이 지배적이었기에 이런 반전이 있을 거라곤 꿈에도 몰랐던 눈치다.

"많이 놀라신 거 같은데요?"

"안 놀랐다고 하면 거짓말이겠죠. 많이 놀랐습니다. 태어나서 이렇게 놀랐던 일이 있었나 싶을 정도로요."

무려 만 명이 넘는 사람이 수의 노래를 듣고자 이 자리를 찾아줬다. 그것만으로도 스스로 가치 있는 인간이라고 느껴졌다.

"한 가지 더, 이 기적 같은 일이 어떻게 일어나셨는지 아시나요?"

"네? 다른 이유가 있나요?"

"있죠. 일단 뒤쪽에 있는 전광판을 보시죠."

수가 다시 고개를 뒤로 돌렸다.

실외용 전광판을 통해서 낮에 수가 진서를 위해 준비했던 콘서트 영상이 틀어졌다.

"이, 이게 왜……."

수는 영문을 알 수가 없었다. 어째서 이 영상이 지금 틀어지는지, 또 관객 수와 무슨 연관이 있는지 짐작이 되지 않았다.

사전에 제작진에게 언질을 받은 유민수가 차분하게 설명을 해줬다.

"이건 후배분이 입원한 병원에서 근무하던 간호사가 촬영해서 소셜 네트워크에 올린 영상입니다."

"……."

"수 씨의 후배와 관련된 딱한 사연이 알려지게 되면서 온라인상에서 영상이 빠른 속도로 확산되었습니다. 나눠 보기열풍이랄까요? 검색어에도 올랐다고 하네요."

수는 인지하지 못했지만 그 시각 온라인은 정말 뜨거웠다.

게릴라 콘서트의 실패를 감수하면서까지 죽어가는 진서를 위해 시간을 모두 쓴 사연이 퍼지면서 수를 향한 많은 동정여론이 조성이 된 것이다.

그 결과가 바로 이거다.

"딱한 사정을 전해 들은 많은 분께서 이곳을 찾아오셨다고하네요. 이곳에 와 조금이나마 그분의 완쾌를 빌고 수 씨의게릴라 콘서트 성공에 도움을 주고자 합니다."

"믿을 수가 없네요. 어떻게 이런 일이……."

매사에 자신만만하던 수답지 않게 오늘은 어쩔 줄을 몰랐다.

전혀 예상하지 못했던 일이다.

누군가의 행동이 나비효과가 되어 만 명이 넘는 관객이 이 곳까지 찾게 만든 원동력이 될 거라곤 꿈에도 생각지 못했다.

"아직 놀라긴 이르신데."

"네?"

"지금 이 순간도 집계되지 않은 사람이 늘고 있습니다. 제작진의 말로는 대략적으로 2만 명이 넘었다고 하네요."

"……!"

기적이다.

비공식 집계이긴 하지만, 게릴라 콘서트 사상 최대 규모의 관객을 동원하게 된 것이다.

'진서야, 진짜 기적이 일어났어.'

수는 말로 전하지 못할 말을 마음속으로나마 전달했다.

'이 기적이 너한테도 일어났으면 해. 죽지 마, 내가 갈 때까지 꼭.'

간절한 바람을 담은 기도가 하늘에 닿은 것일까?

코끝을 찡하게 울리는 찬물이 닿자 수가 고개를 들어서 올려다봤다.

"눈?"

새하얀 눈이 소복소복 떨어진다.

떨어지는 눈을 맞으며 수는 마음이 편안해짐을 느꼈다. 꼭 그의 바람이 하늘에 닿은 게 아닐까 싶은 기분 좋은 착각이 들었다.

수는 다시 시선을 정면의 관객들에게 돌렸다.

소중한 시간을 내서 이곳을 찾은 이들이다.

세상 무엇과도 바꿀 수 없는 고마움을 느꼈다.

"그러면 이쯤하고 전 이만 물러가 보겠습니다. 여러분 성대한 박수로 이수 씨를 맞이해 주십시오!"

유민수는 마지막 순간까지 오늘의 주인공 수를 위한 분위기를 만들어주고 무대를 내려갔다.

"저도 가서 의상 바꿔 입고 무대 준비할게요."

귀띔을 준 지아가 종종 걸음으로 몸을 돌렸다. 수 때문에 예정에도 없던 무대를 갖게 되었음에도 자기 일인 것마냥 기뻐 보였다.

모두가 떠나고 난 뒤에, 텅 빈 무대 위에 수 혼자 남게 되었다.

'그때 생각이 나네.'

문득 예전 슈퍼스타Z 생방송 마지막 무대가 떠올랐다. 자진 하차를 선언하고 죽을 때까지 함께하며 벗이 되자 했던 노래를 말이다.

스태프에게 따로 전용 마이크를 건네받은 수가 말했다.

"오늘 전, 여러분께 너무도 과분한 사랑을 받았습니다. 평생 갚아도 부족할 것만 같은 그런 사랑입니다."

딩~ 디이잉!

사전에 얘기를 해둔 세션의 연주가 시작이 된다.

고요하지만 감정을 건드리는 진득한 연주는 관객들이 추위마저 잊게 만든다.

"……살면서 차차 이 사랑을 갚아나가겠습니다. 여러분이 있어서 전 행복합니다."

처음 무대에 섰던 그 마음가짐 그대로.

영원한 벗으로 남고자 하는 마음으로.

처음으로 돌아간 수가 콘서트를 찾아준 팬들에게 바치는 첫 곡은 윤복희의 여러분이다.

"네가 만약 외로울 때면……."

Chapter 2

1

호스피스 병동.

막 열기가 오르는 수의 콘서트 분위기와 사뭇 대조적으로 엄숙하다. 짙고 무겁게 깔린 분위기에서는 불길한 절망감이 피어오른다.

삐! 삐이이! 삐삐!

심전도 모니터에 뜬 바이탈 사인이 위태위태하다.

"여보, 우리 딸 이겨. 이길 거야. 믿어보자."

소식을 접한 진서 아빠가 병원으로 달려와 애써 담담한 척 아내를 위로했다.

아니, 실상 위로받고 싶은 건 오히려 그다.

가장이기에 딸이 시한부 판정을 받은 후에도 병원비를 이유로 회사에 나갈 수밖에 없었다. 아픈 딸을 마음껏 찾지 못했던 스스로의 처지가 너무도 비감스러웠다.

결국 이렇게 마지막이 될지도 모를 딸과의 작별 인사조차 제대로 하지 못하게 되지 않았나.

엄마는 미동도 않는 진서의 손을 꼬옥 잡았다.

"진서야, 버티자. 네가 좋아하는 수 오빠도 곧 있으면 오잖아? 그때까지만 살자, 응?"

"……"

진서는 말이 없다.

마치 잠이 든 것처럼 너무도 편안한 표정으로 인공호흡기에 의지한 채 누워 있다.

그 모습이 부모의 가슴을 더 찢어놓았다.

언제 그랬냐는 듯 일어나서 환하게 웃을 것 같은 모습을 해 가지고…….

끝내 엄마는 눈물을 보이며 흐느꼈다.

누군가 그러디라.

시한부 판정은 죽음을 대비해 작별할 수 있는 시간을 갖는 거라고.

말도 안 되는 소리다.

자식의 죽음이 준비한다고 쉽게 받아질 문제던가?

삐이! 삐이이이이!

가느다란 실처럼 겨우 숨을 이어가던 바이탈 사인이 요동을 쳤다.

까무러치게 놀란 엄마가 돌아봤다.

"서, 선생님!"

"……."

시선을 피한 의사가 작게 고개를 저었다.

살리기엔 늦었다는 소리다.

그걸 알고 있음에도 엄마는 받아들일 수 없다는 듯 바락바락 소리를 질렀다.

"왜 가만히 있는데요? 병자가…… 내 딸 진서가 죽는다고요. 지금 눈앞에서 죽어간다고요!"

"그만해."

"그만하긴 뭘 그만해! 진서가 죽는다고, 내 딸이……."

아빠는 목구멍까지 치미는 뜨거운 감정을 겨우 억누르며 엄마의 어깨를 감쌌다.

발악을 하듯이 발버둥을 치던 엄마가 이내 절망스러운 표정으로 흐느꼈다.

"날 데려가라고. 왜 내 딸을 데려가는데, 왜……."

딸을 향한 울부짖음, 그러나 들리지 않을.

부모의 마음은 갈기갈기 찢어지고 있었다.

2

"내가 안길 곳은 어디에……."

수의 통기타 연주에 맞춰 마성의 목소리가 합을 이룬다.

중국판 나도 가수다에서 최종 졸업을 확정지은 고 김현식의 내 사랑 내 곁에를 열창했다.

비공식 집계로 이만 명이 넘은 게 유력시되는 팬들은 약속이라도 한 듯이 손을 흔든다.

겨울의 매서운 추위 따위는 잊은 지 오래다.

잠시나마 그들을 힘들게 하던 모든 걸 내려놓은 채 음악에 몸을 맡겼다.

귀가 편안한 음악.

반복되는 후크와 전자사운드로 무장한 가짜 음악이 아니라, 마음에 치유를 주는 그런 진짜 음악을 들을 수 있음에 감사했다.

'잘 부르는 줄은 알았지만…… 이건 너무 사기야. 어쩜 이렇게 낭만적이지?'

'나 지금 울고 있니?'

'실력파인 줄은 알았지만 이 정도였어? 오길 잘했어. 안 오면 후회했을 거야.'

되돌아보면 수의 등장은 강렬했다.

국내 최대 규모의 오디션 프로그램 슈퍼스타Z의 생방송 진출자로 이름을 떨치고, 유례 없는 자진 하차를 선언하며 언론의 이슈가 되었다.

그 때문일까?

수가 슈퍼스타 생방송 마지막 무대에서 부른 윤복희의 여러분은 오디션 역사상 유례를 찾아볼 수 없는 역대 급 무대로 평가받았다.

하지만 그 기세가 꺾이는 건 한순간이었다.

자진 하차가 문제되며 음악 활동이 금지된 것이다.

한순간에 인기를 얻고 급부상했던 만큼 잊히는 것도 빨랐다.

그리고 반년 뒤.

화려하게 컴백한 수는 음원 발표와 동시에 한중 음원차트를 올킬하는 기염을 토한다.

그게 가능할 수 있었던 건 그가 진짜 음악을 했기 때문이다.

곡이 끝나고 나자 수가 생수로 목을 적시곤 여유롭게 물었다.

"제 노래가 그렇게 감동적인가요?"

자칫 오만하게 비칠 수 있는 발언.

그러나 이제는 수의 빼놓을 수 없는 멘트가 되어버렸다.

"네!"

"물론이에요!"

반발은커녕 오히려 팬들은 열광했다.

애초에 여기 모인 이들은 전부다 수의 팬이니까. 하물며 호기심으로 찾았던 이들조차 수는 음악을 통해 팬으로 만들어 버렸다.

"살면서 오늘 같은 날이 또 있을까요? 오늘은 제게 있어 평생 잊지 못할 날이 될 겁니다. 다시 한 번, 이 자리에 와주신 여러분께 감사의 말씀을 올리겠습니다."

수는 기타를 내려놓고 관객석을 향해 대뜸 큰절을 올렸다.

진심을 담아서 이 자리를 찾아준 이들에게 감사의 마음을 전한 것이다.

짝짝짝!

관객석에서도 쉬지 않고 박수가 쏟아진다.

가수에게 있어서 최고의 찬사나 다름없는 기립 박수.

박수 소리는 수가 돌아서서 무대를 내려올 때까지 끊이지 않았다.

"수고했어요. 최고! 최고! 내가 본 콘서트 중에 이거였다니까."

제일 먼저 지아가 엄지를 치켜들며 수를 맞이했다.

자그마치 한 시간 반이 넘는 콘서트를 하다 보면 사람이 얼마나 지치는지를 안다. 그렇기에 이런 위로와 격려가 얼마나 큰 힘이 되는지 또한 잘 알고 있었다.

"고마워요. 지아 씨 아니었으면 무사히 못 끝냈을지도 몰라요."

"저야말로 고마워요. 무대에 같이 설 수 있게 해줘서."

누가 뭐래도 지아 역시 가수다. 비록 아이돌로 데뷔를 하고 연기까지 겸업하며 최근 활동이 뜸하긴 했지만 본업이 가수임은 부정할 수가 없다.

그랬기에 수와 함께 무대에 서서 이만 명이 넘는 팬 앞에 자신의 노래를 들려주는 것만으로도 보람을 느꼈다.

"저, 죄송한데요, 수 씨."

눈치를 보던 매니저 승원이 조심스럽게 말을 걸어왔다.

병원에 있어야 할 그가 눈앞에 있자 수가 눈을 동그랗게 떴다.

"언제 왔어요? 진서는 좀 어때요?"

"그게……."

"많이 안 좋아요?"

말끝을 흐리자 수가 재차 굳은 얼굴로 물었다. 무대에 오르기 전 건강이 좋지 않다는 얘기를 접했기에 걱정이 더욱 컸다.

"저도 여기 오고 연락받았는데……."

"뭘?"

승원의 표정이 심상치 않다. 입술만 옴짝달싹만 할 뿐, 어떻게 말을 꺼내야 할지 망설이는 기색이 역력하다.

'설마…….'

불길함에 수는 아니길 빌며 부정의 반응을 보였다.

"진서 많이 안 좋대요? 바로 가죠. 더 늦기 전에 가봐야겠어요."

"이미 늦었습니다."

"늦다니요? 지금 바로 가면……."

"진서 씨, 좋은 곳으로 가셨습니다. 이젠 보내주셔야 할 거 같습니다."

"……!"

순간적으로 머릿속이 하얗게 되는 아찔함에 수가 휘청거렸다.

"오빠!"

안 그래도 콘서트가 끝나고 긴장이 풀리며 기진맥진할 터다. 가장 가까이에 있던 지아가 얼른 부축하지 않았다면 쓰러질 수도 있을 만큼 위험했다.

겨우 기대어 두 발로 선 수는 넋이 나가 보였다.

"너 기어코……."

수는 목이 메어 말이 나오질 않았다.

믿지 않겠지만 슬픔이란 감정이 잘 들지 않는다.

아직 실감이 나지 않는다고 할까?

지금이라도 가면 웃으면 왔냐고, 왜 이렇게 늦게 왔냐고 투정을 부릴 진서가 더는 세상에 없다는 말이 믿기질 않는다.

"……."

수는 아무런 말이 없다.

대기실의 누구도 먼저 말을 붙이지 못한다.

지금 수가 느낄 공허함과 상실감, 그리고 아픔은 그 어떤 말로도 위로가 되지 못할 거라는 걸 잘 알고 있기 때문이다.

그러길 얼마의 시간이 지났을까?

수가 부축해 주던 지아에게 떨어졌다.

"아, 미안해요. 너무 경황이 없어서……."

"아니에요. 괜찮은 거죠?"

수는 고개를 끄덕이며 천장과 바닥을 번갈아 보았다.

그러더니 갑자기 기타를 메고 몸을 돌려 대기실을 나서는 게 아닌가?

예고에 없던 행동에 깜짝 놀란 지아와 매니저 승원이 얼른 따라붙었다.

쏴아아아아아.

빗방울이 떨어진다.

아까까지만 해도 분명 싸락눈이 내렸는데, 겨울의 마른 대지를 적시듯 촉촉하게 떨어진다.

수는 대기실 밖으로 나와 음향 장비 옆 마이크를 멋대로 집었다.

"수 오빠?"

"수 씨, 갑자기 왜 이러세요?"

돌발적인 수의 행동에 놀란 지아와 매니저 승원이 물었으나 돌아오는 대답은 없다.

저벅저벅.

수는 말없이 무대 위에 올랐다.

막 무대 장비 철거 작업을 시작하려던 스태프들이 생각지도 못한 수의 등장에 깜짝 놀라 모두 쳐다봤다. 그 중에는 김재영PD도 포함되어 있었다.

"쟤 갑자기 왜 나와? 이제 와서 앵콜곡이라도 부르겠다는 거야 뭐야?"

모든 의문을 뒤로하고 수가 무대 가운데에 섰다.

위에서 내려다보니 꽤 많은 관객이 아직 무대 앞쪽에 서성거리고 있었다. 아무래도 이만 명이 넘는 관객이다 보니 빠져나가는 데만 해도 한 세월이 걸렸다.

"……."

수는 무대에 서서 떨어지는 비를 그대로 맞았다. 안 그래도 추운 겨울날 찬비까지 맞고 있으나 하나도 춥다는 생각이 들지 않았다.

찰칵.

수가 마이크를 켜곤 입을 댔다.

"가수 이수입니다."

음향 장비를 차단한 까닭에 확성기를 통해서 목소리가 흘러나오질 않았다.

그러나 수는 당황하지 않은 듯 보였다. 앰프가 꺼져 있다고 해도 상관없다는 듯이 매우 무덤덤한 표정이다.

오히려 서두르는 건 김재영PD다.

"멍하니 서서 뭐하는데?! 마이크 켜!"

심상치 않은 촉을 느낀 그의 오더가 떨어지자 얼른 음향 장비 감독이 마이크를 켰다. 딱 수의 말이 이어지기 직전의 절묘한 타이밍이다.

"오늘 저의 소중한 사람이 세상을 떠났습니다."

막 무대를 빠져나가던 관객들의 발걸음이 멈췄다.

"이 목소리 이수 아니야?"

"저기 무대 위에 봐봐!"

뒤를 돌아본 그들의 표정에 경악이 퍼진다. 그들은 하나같이 뒤를 돌아보고 서서는 수의 말에 귀를 기울였다.

수는 슬픔을 애써 억누르며 담담하게 말을 이었다.

"안녕이라는 말조차 못했습니다. 그 사람 가는 길에…… 조금이라도 저의 마음이 전해지길 바라며 이 노래를 바칩니다."

딩~ 디잉! 딩!

예정에 없던 수의 기타 연주가 시작됐다.

마치 끊어질 듯 가느다란 고운 선율. 그러나 그 속에 담긴 아릿함이 절절히 느껴지는 연주가 돌아서던 관객의 발길을 잡았다.

"어쩌면 좋아. 그 여자 죽었나 봐."

"하, 딱해 죽겠네. 근데 이 멜로디 익숙한데?"

"어? 이거 나얼의 귀로잖아?"

쏴아아아아!

빗살이 더 거세진다. 겨울이라는 걸 망각한 듯 장마마냥 쏟아진다.

마치 죽은 진서가 우는 것처럼.

그런 하늘에 수는 이 노래를 바친다.

죽은 이를 위한 음악.

진혼곡을…….

수는 애써 담담하게 읊조리듯이 기타 연주에 맞춰 소리를 토해냈다.

화려한 불빛으로 그 뒷모습만 보이며
안녕이란 말도 없이 사라진 그대

쉽게 흘려진 눈물 눈가에 가득히 고여
거리는 온통 투명 유리알 속

오늘의 노래는 평소와 달랐다.

그 어떠한 기교도 구사하지 않는다.

날것 그대로 부른다.

작별조차 제대로 하지 못한 진서를 성급히 데려간 저 하늘을 향한 원망을 담아서.

"……."

그런 수의 진심이 돌아서던 관객들마저 발길을 떼지 못하
게 만든다.

마치 그들이 소중한 사람을 잃은 것처럼 슬픔이 서서히 그
들의 가슴으로 파고들었다.

그대 따뜻한 손이라도 잡아볼 수만 있었다면
아직은 그대 온기 남았겠지만

비바람이 부는 길가에 홀로 애태우는 이 자리
두 뺨엔 비바람만 차게 부는데

뜬금없는 겨울의 빗살이 더 거세진다.

빗방울이 수의 머리를 적시고 눈매를 따라 턱 아래로 뚝뚝
떨어진다.

수가 우는 것인지 아니면 물줄기가 흘러내리는 것인지 알
길이 없다.

한 가지 확실한 건, 이 순간 수는 전하지 못한 모든 말을 노
래로 쏟아내고 있다는 것이다.

사랑한다는 말은 못해도
안녕이란 말은 해야지

아무 말도 없이 떠나간
그대가 정말 미워요

사랑한다는 말은 못해도
안녕이란 말은 해야지

아무 말도 없이 떠나간
그대가 정말 미워요

아!

이건 진혼곡이 아니다.

수의 있는 그대로의 감정을 표현한 곡이다.

진서가 밉다.

이대로 가버리면 남는 사람은 어떻게 살아가라고 하는 것
인지 묻고 싶다. 작별의 말조차 하지 못하고 가버린 진서를
향한 아우성이다.

"뭐, 뭐야……."

"가슴이 왜 이러지?"

관객 중 누군가가 자문을 했다.

노래를 듣는 내내 엄청난 슬픔을 느끼거나 하지 않았다.

너무 담담해서 무미건조하다는 인상까지 줄 정도였다.

그런데 이 기분은 뭐란 말인가?

"여, 여기가 아릿해."

"······눈물이 쏟아질 정도는 아냐, 근데 왜 이게 더 슬픈 느낌이지?"

관객 중 상당수의 눈시울이 붉어졌다.

꼭 사람을 울린다고 해서 슬픈 게 아니다. 강요된 슬픔은 오히려 사람을 불편하게 만든다.

지금 수의 음악이 딱 그러했다.

담담함을 가장한 슬픔이 더 가슴을 먹먹하게 울리고, 짠하게 진동시킨다.

가슴속 뻥 뚫린 구멍으로 들어오는 허전함이 관객들로 하여금 울먹거리게 만들었다. 과하지 않은 슬픔이야말로 진정한 아픔임을 수의 노래는 일깨워 주고 있었다.

"아무 말도 없이 떠나간······ 그대가 정말 미워요."

마지막 읊조림을 끝으로 수의 노래도 끝이 났다.

수가 힘없이 고개를 떨궜다. 기타 위로 손이 축 처졌다.

고요한 적막이 야외 콘서트장을 뒤덮었다.

무려 이만 명이 넘는 인파가 모였음에도 숨소리 하나 들리지 않는다.

곡이 끝났음에도 단 한 명도 박수를 치지 않았다.

그것이 먼저 간 이와 남겨진 이를 위한 최소한의 배려라는 생각 때문이다.

"······."

수가 일어서서 무대를 내려왔다.

비에 홀딱 젖은 모습이 감기라도 걸리지 않을까 위태로워 보였다.

"이거요. 닦으세요."

어디서 구했는지 지아가 수건을 건넸다.

수는 수건을 쥔 채로 넋이 나간 사람처럼 한참을 우두커니 서 있었다. 그러다 겨우 정신을 차린 듯이 말했다.

"승원 씨, 병원으로 가요."

"네? 네."

매니저 승원이 시동을 걸기 위해 부랴부랴 움직이고 나서야 수가 얼굴과 몸에 묻은 물기를 대충 닦아냈다.

"저 먼저 가볼게요. 오늘 고마웠어요."

작별을 고한 수가 몸을 돌렸다.

지아는 뭐라 말을 하려다가 입을 다물었다. 축 처진 어깨를 보고 있자니 어떤 말로 위로를 해야 할지조차 감이 오질 않았다.

3

끼이익!

수를 태운 밴이 섰다. 막상 내리고 보니 그곳은 늘 방문하던 호스피스 병동이 아니었다.

성모병원 장례식장.

간판을 보고 나니 새삼 진서가 죽었다는 실감이 들었다.

"지하 1층이라고 했습니다."

매니저 승원의 말에 수가 고개를 끄덕이며 발을 들여놓았다.

고인을 애도하는 통곡을 시작으로 북적거리는 조문객들까지 그야말로 인산인해를 이뤘다.

수많은 사람 중 딱 한 사람이 죽었을 뿐인데도, 수십 수백 명이 넘는 사람이 이토록 슬퍼하는 걸 고인은 알까 싶었다.

제4실에 도착하자 진서 엄마가 지친 얼굴로 수를 알아봤다.

"왔어요?"

"진서는······."

수의 시선은 자연스럽게 영정 사진으로 향했다.

해맑은 얼굴로 환히 웃고 있는 진서의 사진을 보자마자 울컥하는 감정을 겨우 억눌렀다.

"저 사진 기억나요. 처음 호스피스 병동에 실습 나갔을 때 제가 찍어준 사진인데······."

"흐윽!"

더 말을 듣지 못하고 엄마는 오열을 터뜨렸다.

누군가에게 추억으로 고이 간직될 사진이 고인의 마지막 모습으로 쓰이게 될 줄은 그 누구도 상상하지 못했을 것이다.

"진서야, 나 왔어."

우두커니 서서 진서의 영정 사진을 바라보던 수의 표정에 힘이 없다.

"인사 받아줘야지? 자꾸 무시할 거야?"

"……."

고인은 말이 없다.

그저 사진 속 가장 아름답던 모습 그대로를 간직한 채 웃고 있었다.

"기다린다고 했잖아. 철석같이 약속했잖아."

수는 치미는 감정을 주체하지 못했다. 목에 가시가 걸린 듯 메이고, 자꾸만 눈시울이 붉어져 사람을 힘들게 한다.

"왜 그러고 가는데…… 바보야. 작가 하고 싶다며? 그러면 살아야지. 악착같이 살아서……."

수의 눈시울이 촉촉하게 젖는다.

슬프다고 해서 모두 다 통곡을 하는 게 아니다.

조용히 운다.

마음이 아프게 운다.

이제 다시 진서를 볼 수 없음에 그 슬픔은 배가되어 가슴을 찢는다.

"수 군."

수가 고개를 돌렸다.

진서 엄마가 손을 내밀며 무언가를 건넸다.

슬쩍 보니 진서의 휴대전화다.

영문을 모르는 수가 엄마를 쳐다보자 그녀가 흐느끼는 목소리로 말했다.

"진서가 수 군에게 남긴 거예요."

"저한테요?"

수가 휴대전화를 건네받았다.

화면을 터치하니 정지된 동영상이 떴다. 그 위에 표시된 재생 버튼을 손가락으로 터치했다.

그러자 희미한 진서의 미소가 보였다.

—오, 오빠.

"……!"

진서가 수를 위해 남긴 작별 영상이었다.

4

세 시간 전쯤.

수의 화상 콘서트를 보던 진서가 의식을 잃었다.

이대로 보낼 수 없어 어떠한 조치라도 하고자 응급실로 옮기는 상황에서 진서가 가까스로 눈을 떴다.

"어, 엄마."

"진서야! 좀만 참아. 의사 선생님이……."

진서가 힘없이 고개를 저었다.

"나 더 못 살아."

"나약한 말 하지 마! 네가 못 살긴 왜 못 살아! 다 살아, 산다고."

"나 부탁이 있어."

손을 포개고 애원하는 딸의 마지막 부탁을 엄마는 거절하지 못했다.

보관하고 있던 진서의 휴대전화를 꺼내서 동영상 촬영 버튼을 눌렀다.

기계를 다루는 건 익숙하지 않았지만 딸의 마지막 모습이 될지도 모른다는 불안감에 간호사들의 도움을 받았다.

녹화가 시작되자 진서가 억지로 웃었다.

"오, 오빠. 나야. 오늘 콘서트…… 최고였어. 못 봤으면 억울할 뻔할 정도로?"

말을 하는 내내 진서의 숨이 말을 잇기 곤란할 정도로 벅차다.

"덕분에…… 나 이제 떠날 수 있을 거 같아. 얼굴 보고 헤이지고 싶었는데, 미안…… 또 미안. 나 너무 받기만 해서…… 오빠한테 염치도 없는데 또…… 그래서 또 미안."

억지로 웃고 있으나 표정은 심각하게 일그러진다. 이젠 한계에 다다른 듯싶다.

"할 말 많았던 거 같은데…… 하나도 기억이 안 나. 나 참끝까지 바보 같다. 그지? 아! 맞다…… 이 말은 꼭 하고 싶었어. 나 있잖아…… 오빠 때문에 엄청 행복했어. 고마워."

고마워.

살면서 가장 아름다운 말 중 하나다.

그 말이 이토록 사람을 아프게 할 수 있다는 걸 처음으로 느끼게 해준다.

앞으로 살아가면서 누릴 행복이 얼마나 많은데 저리 만족스러운 표정을 짓는단 말인가.

"하아, 하아… 더는…… 힘에 부쳐서 못할 거 같네. 오빠, 내가 제일 좋아한 우리 수 오빠. 잘 있어. 오빠를 알게 된 게 내겐 최고의 축복이었어. 그러니까…… 잘 지내. 안녕."

마지막 말을 끝으로 진서가 의식의 끈을 놓았다.

희미한 미소를 머금은 채.

안식이란 단어에 어울릴 만한 편안한 미소를 품은 채로 말이다.

5

"……."

수는 감정이 복받쳐 아무런 말도 할 수가 없었다.

당장에라도 왈칵 눈물이 쏟아질 것만 같았다.

진서는 떠났다.

그러나 그냥 떠난 것이 아니다.

평생 가슴앓이를 할지도 모를 수를 위해서 나름대로의 작별 인사를 남겼다.

"바보, 미련하게 이런 걸…… 난 괜찮은데. 진짜 괜찮은데."

마지막까지 자신을 생각해 준 진서의 마음 씀씀이가 너무도 고마웠다.

혹여 작별의 인사조차 하지 못하고 떠나면 상처가 될까 봐 얼마 남지 않은 시간에도 수를 위해 영상을 남긴 것이다.

진서 엄마가 말했다.

"우리 애, 마지막 얼굴 봤어요?"

"네……."

수가 끄덕였다.

아주 짧은 찰나에 불과했지만 영상의 끝자락에서 진서는 웃었다. 너무도 맑게, 그 어떤 고통도 느끼지 못한 듯 행복한 미소를 머금고 있었다.

"난 자격이 없는 엄마였어요."

"……."

"마지막 순간까지 진서의 이 미소를 지켜주지 못했으니까."

딸의 마지막 모습을 눈에 담으며 진서 엄마가 웃었다.

너무도 아파서 차마 볼 수가 없는 그런 미소지만, 그 한편으로는 앞으로 영원히 가슴에서 살아갈 딸과 행복했던 시절을 추억하고 있었다.

"수 군, 정말 고마워요."

"뭘……."

"우리 진서, 웃으면서 갈 수 있게 해줘서요. 다 수 군 덕분이에요."

"어, 어머니……."

진서 엄마가 진심을 담아서 고개를 숙였다. 덩달아 진서의 아빠도 머리를 숙였다.

평생 짊어지고 살 게 될 상처지만, 조금이나마 수 덕분에 편히 보낼 수 있게 된 고마움을 가득 담은 인사다.

주르륵.

그 인사에 결국 참고 있던 수의 눈물이 터지고야 말았다.

그래.

사람은 누구나 죽는다.

그리고 산 사람은 어떻게든 살기 마련이다.

진서의 가족.

수.

그들도 마찬가지로 살아가게 될 것이다.

영원히 지워지지 않을 추억이란 미명 아래 말이다. 영원히.

Chapter 3

1

수는 한시도 떠나지 않고 장례식장을 지켰다.

그것이 홀로 먼 길을 떠나는 진서를 위한 마지막 배웅이었다.

조문객은 생각 외로 많지 않았다.

동창이나 친구가 대부분이었으나 그 수도 생각만큼 많지 않았다.

드물게 인터넷으로 소식을 접하고 딱한 마음에 찾는 조문객들이 들르긴 했지만 소수였다.

그래서 더 안타깝다.

너무도 어리고 젊기에, 더 많은 사람과 교류하고, 인정받고, 스스로를 빛낼 수 있었거늘 그러지 못했으니까.

진서의 장은 삼일장으로 치러졌다.

부모님은 고민 끝에 화장을 결정하고, 유골은 시에서 운영하는 납골당에 안치하기로 했다.

셋째 날 아침, 수는 발인에 앞서 영결식에 참여했다.

죽은 진서를 영원히 떠나보내는 마지막 의식으로 진서가 앞으로도 평안하기를 빌었다.

화장터에 도착하자 숨죽이고 있던 엄마가 다시 오열을 터뜨렸다.

"흐윽! 진서야, 내 딸 진서야…… 엄마는 어떻게 살라고 이렇게 가는데. 가냐고……."

수도 눈가에 눈물이 핑 돌았다.

삼일장을 새며 눈물이 다 말라 버렸다고 생각했는데 착각이었다.

화르르르륵!

유리벽 너머로 세상이라도 집어삼킬 것 같은 불길이 보였다.

진서가 눈을 감고 있는 관이 서서히 불길 속으로 들어갔다. 안 그래도 세던 화기가 더욱 거세지면서 관을 집어삼킨다.

"진서야……."

털석!

엄마가 버티다 못해 그 자리에 주저앉고 말았다.

수는 불길 속에서 활활 타는 관을 물끄러미 보고 서 있었다.

그리고 얼마의 시간이 지났을까?

꽃무늬 문양의 옥함에 진서의 유골이 담겨 나왔다.

"……."

이제야 실감이 들었다.

영원히 진서를 볼 수 없음이.

손에 들린 이 새하얀 가루가 그녀가 살면서 남긴 전부임을 말이다.

납골당에 안치까지 하고 나서야 모든 장례 절차가 끝났다.

진서 엄마가 수에게 고마움을 전했다.

"고생 많았어요. 덕분에 우리 진서 잘 보낼 수 있었어요."

"제가 한 게 뭐가 있다고요."

"이거 받아요."

불쑥 내민 것은 다름 아닌 진서의 일기장이었다.

수가 눈을 크게 떴다.

이 일기장은 진서가 남긴 마지막 흔적이다. 엄마에게는 딸을 추억할 수 있는 물건이기에 수는 함부로 받을 수가 없었다.

"이걸 왜 제게 주세요? 가지고 계세요."

"……그 아이가 전해달랬어요."

"진서가요?"

너무 의외의 말에 수의 표정이 굳어졌다.

"읽어주는 사람이 없으면 너무 초라하지 않겠냐고, 엉망진창이긴 해도 첫 작품이라면서……."

"……."

"받아두세요. 언젠가 그 아이를 추억하고 싶을 때, 그때 돌려받을게요."

"……알겠습니다."

그렇게 마음속에서 진서를 떠나보내고 나자 매니저 승원이 밴을 끌고 왔다.

안 와도 된다고 했건만 그럴 수 없다며 억지로 태우더니 수의 보금자리로 데려다줬다.

차를 타고 이동하며 진서의 일기장을 펼쳤다.

예전에 봤던 곳으로 페이지를 건너뛰고 이어서 읽어보았다.

거기엔 진서의 솔직한 심정과 죽음에 대한 두려움이 좀 더 자세하게 쓰여 있었다.

—난 억지로 밥을 먹었다. 뱃속이 울렁거리고 목을 넘기는 족족 토해도 욱여넣었다. 살고 싶으니까, 너무 살고 싶어서 미칠 거 같다.

진서라고 해서 삶에 대한 애착이 왜 없을까?

어리고 젊기에 미련이 더 많을 것이다.

그런 노력에도 불구하고 결국 진서는 암을 이겨내지 못했다.

페이지를 넘길수록 진서의 감정에도 변화가 생긴다.

여의사 퀴블러 로스가 제시한 죽음에 이르는 5가지 단계인 부정, 분노, 타협, 우울, 수용에 이르는 감정을 진서도 똑같이 따라가고 있었다.

─돌아보면 난 참 바보였던 거 같다. 이럴 줄 알았으면 차라리 속 시원하게 고백이라도 할 걸 그랬나? 아니, 덮칠 걸…… 요샌 그게 트렌드라던데. 그래도 뭐 이대로도 좋은걸.

"바보. 참 너다운 발상이다."

진서답다는 생각에 수는 피식 웃었다.

앞선 내용과 달리 뒤쪽의 진서는 더 이상 후회만 하지 않았다. 본연의 밝고 명랑했던 소녀로 돌아온 느낌을 받았다.

또 그날의 선택이 있기에 지금이 있는 것에 감사하다고 말했다.

수는 호스피스 공부를 하며 배웠던 이론이 떠올랐다.

여의사 퀴블러 로스가 죽음에 대해 정의한 말이다.

'죽음은 마지막 성장의 기회다.'

그녀는 저서인 '사후생'에서 죽음이란 신이 선사한 최고의 선물이라고 밝혔다.

놀라운 건 이와 똑같은 말을 천재 음악가 모차르트도 죽기 전에 남겼다고 하니 의아할 뿐이다.

"내가 닿기 어려울 만큼 감정이 깊어."

진서는 죽음에 다가설수록 수와 비교할 수 없을 정도로 성숙해졌다.

그건 인간이 느낄 수 있는 감정의 폭의 끝이며, 세상을 바라보는 초탈의 시선이기도 했다.

촤락.

수는 일기장을 넘기며 한 글자도 놓치지 않고 탐독했다.

진서가 남겨놓고 간 이 일기장에 담긴 그녀의 마지막 심정을 놓치고 싶지 않았다.

하지만 아쉽게도 일기장은 중간에 끝이 났다

정말 생각지도 못하게 진서가 시한부 기일보다 무려 4개월이나 앞당겨서 죽은 까닭이다.

수는 말없이 페이지를 넘겼다.

진서가 채우지 못한 여백을 보면 다시 가슴이 아파왔다.

"어?"

끝 페이지까지 넘기자 진서의 글씨가 보였다.

맨 윗줄에는 수 오빠에 남기는 말이라고 쓰여 있다. 일종의 후기였다.

—나 참 웃기지? 완성도 못한 걸 후기랍시고 남기니 좀 쑥스럽
네.

그냥…… 허세지 뭐. 인생은 짧아도 예술은 길다?

그렇다고 내가 쓴 게 예술이라는 건 아니고. 그냥 나도 뭔가를
하나 남기고 싶었어.

나 있지, 너무 무서워.

죽는 건 무섭지 않아. 죽는 게 너무 싫지만, 그게 내 운명이라
면 받아들여야지.

진짜 무서운 건 나란 사람, 진서란 이름으로 불리는 내가 잊히
는 거야.

그게 너무 싫고 두려워서 뭔가를 쓰려고 하고 남기고 싶어 했
나 봐.

나 참 바보 같지?

누군가는 기억해 주길 바라지만…… 딱 한 명만 꼽자면 오빠였
으면 좋겠어.

고마워.

"진서야……."

수는 가슴이 먹먹하다 못해 눈시울이 붉어졌다.

시간이 지나면서 무뎌지고 그녀를 기억하는 사람들이 점
차 없어지는 것이야말로 죽음보다 더한 진짜 죽음이라고 진
서는 생각한 것이다.

그 딱한 마음이 절절하게 느껴져 목이 멨다.

운전석의 매니저 승원이 뒤를 돌아보며 말을 꺼냈다.

"저 수 씨, 도착했는데요?"

"아…… 내 정신 좀 봐."

수는 얼른 팔소매로 눈시울을 훔쳤다.

"데려다줘서 고마워요. 들어가 보세요."

"네, 푹 쉬세요. 많이 지쳐 보여요."

작별을 고한 수가 엘리베이터를 타고 보금자리로 올라왔
다.

삑 삑 삑!

비밀번호 키를 누르고 잠금을 해제한 수가 현관에 들어섰
다.

"수 씨!"

애타게 수를 기다리던 고은은이 주방에서 달려 나왔다.

수가 힘들게 웃었다.

"저 왔어요."

"고생 많았어요."

고은은은 까치발을 서며 수를 안아주었다. 죽은 사람만큼
이나 떠나보낸 이에게도 격려와 위로가 필요하다는 걸 그녀
는 알고 있었다.

"뭐, 먹어야죠?"

"눈 좀 붙이고 먹을게요. 너무 피곤해서."

삼 일 만에 샤워를 하고 편안한 복장으로 갈아입었다. 거의 눈을 붙이지 못한 까닭에 나른해진 몸으로 침대에 눕자마자 잠이 쏟아졌다.

"수 씨, 전화 왔는데…… 어? 벌써 잠들었네."

방문 앞에 서 있던 고은은이 조용히 문을 닫아주었다. 조금 이라도 편히 쉴 수 있게 배려한 것이다.

2

세상이 흐리다.

뿌옇게 보이는 세상이 점차 선명해지며 파노라마처럼 펼 쳐진다.

그 가운데 한 아이가 있다.

열 살쯤 된 소녀는 양 갈래 머리가 참 잘 어울렸다.

아침 조회 교단 앞에선 소녀는 긴장한 듯 보였다. 전교생이 보는 앞에서 상장을 받는 건 처음인 까닭이다.

"4학년 3반 오진서. 위 학생은 서울시청에서 주관한 백일 장에서 위와 같은 성적을……."

시간이 점프한다.

소녀는 어느새 교복을 입은 여고생이 되어 있었다. 설핏설 핏 여자의 성숙함이 비친다.

진서는 키보드를 두드린다.

글자가 곧 운율이 되어 자유롭게 펼쳐진다.

시다.

인터넷 사이트에 종종 사춘기의 감성을 담은 시를 올리는 게 고등학교 시절 그녀의 취미였다.

시간이 흐른다.

수능 성적에 맞춰서 사회복지학과 진학을 하게 된다.

학교생활엔 별 흥미가 없어 보인다.

휴학을 하고 성형도 하고 아르바이트도 한다. 어디서나 흔히 볼 수 있는 그런 대학생의 모습이다.

또 시간이 흐른다.

몇 년이 눈 깜짝할 사이에 흘렀다.

암과 싸우던 모습 따윈 어디에도 보이지 않는다.

대학교를 졸업하고 취업한 회사를 그만둔 진서는 골방에 틀어박혔다.

두꺼운 뿔테 안경이 곧잘 어울린다.

그래.

진서는 작가가 되었다.

출판사의 독촉 전화에 시달리다 가까스로 마감을 지키고 숨을 돌린다.

대박도 났다.

대형서점에서 진서가 쓴 책이 불티나게 팔려 나간다.

인기 작가 오진서 사인회라는 현수막 아래로 팬들이 줄을 서서 사인을 하고 책을 사간다.

그렇게…….

진서는 살아가고 있었다.

3

"……."

눈을 뜬 수의 시선 위로 높은 천장이 보인다. 그런 천장을 향해 손을 쭉 뻗어보더니 이마 위에 손등을 얹었다.

"뭐지, 이 기분은……."

분명 꿈을 꾼 것 같은데, 아무것도 기억이 나지 않는다.

다만 가슴을 먹먹하게 만드는 형용 못할 감정에 사로잡혀서 헤어 나올 수가 없다.

벌떡!

누워 있던 수가 갑자기 침대에서 일어나 거실로 나갔다.

"일어났어요?"

"……."

고은은의 말에도 대꾸도 않는다.

뭔가에 홀린 사람처럼 따로 작업실 겸 서재로 만들어놓은 방으로 가더니 노트를 펴고 펜을 집었다. 그러더니 일필휘지로 써 내려간다.

"수 씨?"

고은은이 걱정이 된 듯 왔다가 이내 돌아섰다.

몹시 집중한 채 뭔가를 적어 내려가는 걸 보곤 방해해서는 안 된다는 생각이 들어서다.

실제로 그러했다.

잠에서 깬 뒤 수는 말로는 표현이 되지 못할 감정을 느꼈고, 그것을 글로 풀어 내려갔다.

스스슥!

얼핏 보면 시 같기도 하고, 달리 보면 노래 가사 같기도 한 형식으로 지금의 감정을 담았다.

아주 자유롭게, 그러나 사람의 감정의 맥을 정확히 캐치한다.

익숙하면서도 유려한 어휘의 선택은 더더욱 이 글을 돋보이게 만든다.

"아!"

윤곽이 나오자 수가 펜을 딱 손에서 놓았다.

짧게 터진 그의 탄성은 이내 안타까운 그리움으로 바뀌었다.

"여기 있었어."

영감을 받아서 한순간에 써 내려간 수가 노트 위의 노랫말을 내려다봤다.

죽어간 진서의 흔적이 고스란히 지금의 노랫말에 담겨 있다. 그것은 살면서 한 번도 느껴보지 못한 아릿한 감정이다.

수는 자신의 양손을 보며 중얼거렸다.

"이 안에 살고 있어. 내 손끝에, 내 가슴속에 진서가 살아 있다고."

4

"뭐? 작사가 하고 싶다고?"

"네."

자다가 봉창 두드리는 소리라도 들은 듯 이상민의 표정은 어처구니가 없어 보였다.

"너 뜬금없이 구는 거야 이골이 났다지만, 오늘은 또 뭔 바람이 불었냐?"

"딴 이유 없어요. 그냥…… 해보고 싶어요."

"그냥? 너 혹시 저작권료 돈 된다는 얘기라도 들어서 그러나 본데, 그거 쉽지 않다."

최근 저작권과 관련된 법이 강화되면서 작곡가와 작사가, 또 가수의 저작권료 수입이 늘어나는 추세다.

이름만 대면 알 법한 작곡가나 작사가들은 순수하게 저작권 수입으로만 억대의 돈을 가져가기도 하니 욕심이 날 만하다.

수가 손사래를 쳤다.

"그런 거 아니에요. 돈이라면…… 부족하지 않아요."

"그럼?"

'글이 너무 쓰고 싶어요.'

수는 다음 말은 차마 입 밖으로 뱉지 못했다.

생각해 보라, 뜬금없이 뭔가를 쓰고 싶은 욕구가 생겼다면 정상으로 보이겠는가?

그러나 실제로 수는 그랬다.

'미치겠네. 손은 근지럽고 머리는 제멋대로 공상을 하니.'

참 많은 생각이 머리 안에서 맴돌았다. 이전이라면 별거 아닌 듯이 넘길 일도 이젠 달리 보이기 시작한 것이다.

숨을 쉬고 살아가면서 놓쳤던 것들.

사람과 사람 사이에 있는 아주 사소한 관계들.

이러한 틈이 보이기 시작했고 그 생각들을 풀어내고 싶은 욕망이 꿈틀거렸다.

"괜히 진 빼지 마. 너 안 그래도 바쁘잖아?"

"형."

수가 눈을 맞췄다.

"실은 며칠 쉬면서 가사 좀 썼는데 봐줄래요? 멜로디도 살짝 붙여봤는데."

"뭐라?"

이상민이 볼을 실룩거렸다.

그러다 진서와 관련된 대충의 사연을 떠올리곤 수의 심정을 이해했다.

'그런 일을 겪었으니 느낀 게 많겠지. 그걸 표현하고 싶은 건 본능일 테고.'

가수는 노래로 감정을 전달하는 직업이다. 감정을 다루다 보면 자연스럽게 자신의 감정을 표현하고 싶고 그러다 보면 가사를 쓰고 싶은 욕심이 드는 것도 당연하다.

그래서 상당수의 가수가 앨범을 발표할 때 본인이 작사나 작곡한 음악을 수록한다.

"일단 들어보자."

"네."

수가 기타를 메고 녹음 부스로 들어갔다.

잠시 아아 소리를 내며 목을 풀더니 이내 기타 연주에 맞춰서 자작곡을 불렀다.

"이런 말이 있지……."

"오! 제법인데?"

첫 구절을 듣자마자 이상민의 눈에 이채가 서렸다.

강하게 사람을 끌어당기진 않지만 차분한 시작에 귀가 쫑긋 섰다.

'어휘 선택은 나쁘지 않아.'

솔직히 이 정도면 초입은 기대 이상이다.

아직 미완성인 까닭에 멜로디나 음 처리의 이음이 매끄럽진 않았으나 그걸 감안하고도 충분히 들을 수 있을 만큼 매력적이다.

"날 어루만져 주던……."

수는 속삭이듯이 아주 깊은 감정으로 노래했다.

그럴수록 이상민의 표정이 난해해졌다.

'가사가 어려워. 연상이 잘 안 돼.'

대중가요는 주로 10대와 20대, 넓게 30대까지 타깃을 잡는다.

당연히 감정이 쉬워야 하고, 직접적이어야 한다.

그에 반해 지금 수가 부르는 노래의 가사가 담고 있는 의미가 너무 어렵지 않나 싶었다.

'전형적인 초보자들의 실수지. 자기 얘길 어려운 단어로 표현한다고 할까?'

팔짱을 낀 이상민은 그럴 줄 알았다는 표정을 지었다.

그나마 멜로디 정도나 좀 들어줄 만하고 생각을 할 때였다.

"뒤돌아서 난 울었지만, 넌 날 보며 웃었지. 너의 손길……."

'어? 어!'

처음엔 귀에 들어오지 않던 가사가 점차 들리기 시작했다.

날것 그대로의 음악을 받아들이는 데 익숙한 우리에게 자꾸만 생각할 여지를 주게 된다. 들으면 들을수록 빨려 들어가는 느낌을 받았다고 할까?

'꼭 그거 같잖아.'

작곡가나 작사가들 사이에서는 몇 가지 속설이 있다.

처음 느낌 그대로 쭉 쓴 곡은 대박이 난다.

처음엔 별로더라도 들을수록 좋은 곡은 명곡이다.

이중 후자의 감정을 이상민이 느꼈다.

'저 자식이 노래를 잘 불러서 그런가? 그런 거치곤 너무 편안해. 왜 이러지? 자꾸만 듣고 싶고, 곱씹게 만드는 뭔가가 있어.'

정확히 어떤 점에서 자신을 끌리게 하는지 이상민 본인조차 인지하지 못했다.

한 가지 확실한 점은 들으면서 생각을 하게 만든다는 것이다.

'지금까지 수가 하던 음악과 달라.'

수의 가창력에는 이견을 달 여지가 없다. 정말이지 무대를 압도하며 관객들의 감정을 주무르고, 쓰다듬고, 또 아프게 만들 만큼 빼어났다.

그러나 이상민은 말하고 싶다.

그게 꼭 좋은 음악은 아니라고.

'수의 음악엔 여지가 없었어. 그 감정을 강요받는 느낌이었으니까.'

수의 가장 큰 장점이자 단점이 될 수도 있는 부분이었다.

엄청난 몰입을 이끌기도 했지만, 때론 그 격한 감정의 파동에 지치기도 했다.

그런데 지금의 노래는 전혀 다르다.

스르르.

이상민은 자연스럽게 눈을 감았다. 좀 더 깊이 노래를 음미하고 싶어서다.

집중하고 들으니 놓쳤던 음악의 곡선이 들온다.

'확실히 달라졌어.'

이제까지 해왔던 수의 음악과 같은 감정의 강요가 없다.

너무도 편안하다. 요람에 들어간 것처럼 마음이 놓인다. 언제까지고 이 선율에 몸을 맡긴 채 가사를 읊조리며 곱씹고 싶을 정도다.

'감정도 풍부해졌고.'

놀랐다.

그 짧은 시간에 이런 감수성을 손에 넣었다는 것 자체가 놀라웠다.

'음색도 더 깊어졌어.'

이건 하루아침에 변할 수 있는 것이 아니다.

진서의 죽음이 그 계기를 만든 것일까?

분명히 작용은 했을 것이다. 하지만 이상민은 전문가답게 다른 시점으로 접근했다.

수는 나이에 어울리지 않게 8, 90년대 명곡들을 선호했다.

그 이유를 개인적인 취향쯤으로 여겼는데 그게 아닌 것 같다.

'……가사 때문이야.'

이상민은 팔뚝에 소름이 돋는 걸 느꼈다.

그도 그럴 것이 음악을 바꿔놓을 만큼 아름다운 감성의 가사를 쓴 게 다름 아닌 수 본인이었기 때문이다.

이런 생각이 든다.

어쩌면 그가 생각하는 것 이상으로 수는 더 깊고 풍부함 감성을 지니고 있는 게 아닐까?

수의 감수성을 조금이나마 담을 수 있는 노래는 8, 90년대의 명곡들이 고작이라 그때의 노래에 애착을 갖고 있는 게 아닌가 싶다.

'재수 없는 놈.'

이상민이 밉게 수를 흘겼다.

눈길에 악의는 없어 보였다. 그저 약간의 질투가 섞여 있을 뿐이다.

'대체 어디까지 혼자만 잘날 생각이냐?'

시샘의 끝에 다다르기 직전, 수의 기타 연주가 끝이 났다.

"형, 어때요?"

"어떻긴 뭐가 어때? 그걸 몰라서 물어보냐?"

이상민의 까칠한 반응에 수가 살짝 의기소침해졌다.

"많이 별로구나. 난 괜찮다고 생각했는데……."

"누가 별로래?"

"네?"

수가 의아해하며 부스 밖 이상민을 쳐다본다.

그는 시선을 피하며 기기를 만지더니 데모 CD 한 장을 재생시켰다.

"……들어봐."

"무슨 곡인데요?"

"들어보고 말해."

웅장한 음악이 시작되자 수는 눈을 감았다.

한이 맺힌 듯한 연주가 이어진다.

듣는 내내 가슴을 치는 듯한 안타까운 사연들이 감고 있는 수의 눈앞에 스쳐 지나갔다.

닿을 듯 닿지 않는, 가을 낙엽 같은 사랑이랄까?

그 여운은 노래가 끝이 날 때까지 이어졌다.

"어떠냐?"

"좋은데요? 귀에 박혀요."

"그래? 그러면 네가 써봐."

"네? 뭘 써요?"

수가 그게 무슨 소리냐는 듯이 반문했다.

"작사해 보라고. 해보고 싶다며?"

"지, 진짜요?"

"선금은 없어. 아는 동생이 부탁한 거라 정식은 아니거든."

"저 상관없어요."

"그램? 그럼 해봐. 드라마 OST 의뢰 들어온 건데, 시놉시

스를 보고 들으면 편견이 생길 수도 있으니까 먼저 들어보라
고 한 거야."

얼떨떨한 표정의 수의 입꼬리가 슬며시 올라갔다. 넘치는
감정을 분출할 구멍을 찾은 것에 대한 기쁨 때문이었다.

"형, 그리고 좀 전에 불렀던 노래요."

"진서 씨 얘기지?"

"……눈치채셨어요?"

이상민이 끄덕이며 자신의 생각을 던졌다.

"다듬어서 미니 앨범 내자. 어때?"

"그 말을 기다렸어요."

수가 바라던 바다.

5

"진짜 어쩔 거야? 드라마의 느낌이 하나도 안 살잖아! 느낌
이!"

S&Q드라마 제작사 대표 이지환은 작사를 맡긴 곡들의 샘
플 곡을 들으며 짜증을 부렸다.

최근 제작한 드라마들이 흥행에 참패하면서 제작사의 자
금 사정이 급속도로 나빠졌다.

악순환이 악순환을 부른다고 제작비를 조금이라도 아끼려
는 심산에 저렴한 작사가 여럿한테 의뢰를 맡긴 게 화근이 되

었다.

장이철PD가 눈치를 보며 말했다.

"이럴 거면 박이나 작사가나, 윤일환 씨한테 맡길 걸 그랬어요."

"장난하니? 걔들한테 가면 돈이 얼만데?"

작사비만 하더라도 일류와 이류, 삼류의 차이가 어마어마하다.

안 그래도 한 푼이라도 제작비를 아끼려는 입장에서는 그런 큰돈을 쓸 수 없었다.

"방법이 없잖아요. 돈은 안 쓰고 고퀄리티를 바란다는 게좀……."

"그래서 그 돈 쏟아부은 드라마 말아 드셨어요?"

"그건 작가가 글을……."

"핑계 좋다. 촉이 좋다고, 김 작가가 드디어 대박을 쳤다고난리 블루스 치던 게 누군데?"

"……."

장이철PD가 입을 다물며 딴청을 피웠다.

답답함에 이지환 대표가 가슴을 탕탕 칠 때였다.

반대편에 앉아서 의뢰 맡긴 곳에서 들어온 메일들을 점검하던 공혜련PD가 이어폰을 뽑으며 다급하게 말했다.

"대표님! 이거 들어봐요."

"뭔데?"

"작사 맡긴 거 들어왔는데, 노래 샘플까지 녹음해서 보내 줬어요. 근데 이게 죽여요."

"진짜야? 확실해?"

"일단 들어나 보시라니까."

반신반의한 얼굴로 이지환 대표가 이어폰을 귀에 꽂았다.

처음 반주가 끝나고 첫 구절이 들리는 순간 눈에 힘이 들어간다.

"이거 뭐야?"

"계속 들어보세요."

후렴부에 들어가자 이지환 대표의 표정이 경악으로 물들었다.

호소력 있는 가창력은 둘째 치고서라도 귀에 쏙쏙 박히는 가사가 마음을 끈다.

드라마의 처절한 시대 상황과 남녀 주인공의 절절하면서도 애틋한 감정이 묻어난다.

1절이 딱 끝나는 순간 더 들을 것도 없다는 듯이 이지환 대표가 손가락을 튕겼다.

"이거지!"

"곡 잘 빠졌죠?"

"내가 원한 게 이런 거라고. 느낌 죽이네. 이거 누구냐? 신인이야?"

공혜련PD가 노트북 모니터에 밀착하면서 발신인을 확인

했다.

"가시나무 뮤직 소속 작사가 같아요. 근데 못 보던 이름이에요."

"신인이야? 이름이 뭔데?"

재빨리 인터넷을 뒤적거린 공혜련PD가 대답했다.

"신인 맞네요. 이름이 대치동 살쾡이?"

"……."

이지환 대표가 어처구니가 없다는 듯이 볼을 실룩거렸다.

"호랑이든 살쾡이든 어때? 곡 좋으면 장땡이지. 당장 계약하자고 해!"

Chapter 4

1

주말 예능 프로그램 게릴라 콘서트가 소위 말하는 대박을
터뜨렸다.

동시간대 방송하는 역전의 명곡을 앞지른 것도 모자라 최
근 오 년간 아무도 해내지 못한 예능 시청률 20%라는 고지를
돌파했다.

이 기적을 만든 주인공은 다름 아닌 출연 가수 수였다.

이미 진서를 위해 연 개인 콘서트 영상을 접한 시청자들이
본방송 시간에 몰리며 놀라운 시청률을 기록할 수 있었다.

예능이지만 다큐 같은 예능이랄까?

김재영PD는 극적인 편집 기술로 최대한 감동을 이끌어내

는 데 주력했다.

특히 진서의 죽음 소식을 접한 다음 다시 무대에 올라 비를 맞으며 부른 귀로가 그대로 전파를 타면서 많은 여운을 주었다.

그 결과 시청자 소감란이 마비가 될 정도로 많은 후기가 올라왔다.

이수팬51호 : 진짜 귀로 듣는데 엉엉 울었어요.

꽃낭자 : 고인의 명복을 빌어요. 그녀는 행복한 사람이었을 거예요.

간지녀 : 잘 봤어요. 내 남자친구가 이수 오빠 반만 닮았어도 바랄 게 없겠네요.

죽어가는 후배를 위해 소신을 다해 개인의 콘서트까지 열어주는 그런 수의 마음씨에 여심이 사르르 녹았다..

덩달아 음원차트에서 밀려났던 수의 데뷔곡 미련한 사랑이 역주를 시작하더니, 단 하루 만에 차트 1위에 오르는 기염을 토했다.

수의 인기가 하늘을 찌르자 곳곳에서 섭외 요청이 끊이질 않았다.

대개 박성인 지점장이 잘랐으나, 몇몇 제의는 수에게 전달해 출연을 했으면 하는 바람을 비치기도 했다.

"게릴라 데이트요?"

"뭐, 여자 MC랑 명동이나 홍대 거리를 거닐면서 팬들과 소통하고 얘기 나누는 거예요. 너무 어렵지 않은 분위기에서 진솔한 인터뷰가 가능할 거 같은데, 출연해 보실래요?"

고민하던 수는 끝내 수락했다. 회사 차원에서 출연을 했으면 하는 거듭되는 박성인 지점장의 끈질긴 설득에 넘어간 것이다.

촬영은 바로 다음 날 해질녘에 진행이 되었다.

홍대 거리를 자연스럽게 거닐며 떡볶이를 먹고 팬들과 소통을 하며 많은 이야기를 나누는 방식이다.

늘 푹 눌러쓰고 있던 모자를 집어 던지고 홍대 거리로 나오자 수를 알아보고 엄청난 인파가 몰렸다. 경호원이 없다면 앞으로 나아가는 것조차 버거울 정도다.

"아! 역시…… 대박 로맨틱 가이."

"진정한 뇌섹남. 말하는 것 좀 봐, 완전 대박 섹시해!"

쉬지 않고 몰려드는 여성 팬들에게 둘러싸인 케이블 출신의 방송인 오수연 MC가 깜짝 놀라서 말을 이어나갔다.

"무슨 아이돌 그룹보다 인기가 더 대단한 거 같은데요? 이제 인기가 실감이 좀 나세요?"

"사람들 앞에 서니까 이제 좀 실감이 나네요."

수도 새삼 자신이 많이 떴다는 사실을 실감했다.

홍대 거리 어디를 가도 수를 알아본다. 또 격렬하게 아는 척을 하며 응원을 한다.

"근데 눈을 씻고 봐도 남성 팬분들이 안 보이네요. 아쉽지 않으세요?"

"아쉬운 건 제가 아니라 수연 씨 같은데요?"

"헉! 들켰다."

잠시 대화를 멈추고 노점상 앞에 섰다.

이곳에서 김이 모락모락 나는 떡볶이와 뜨끈뜨끈 어묵국물을 마시는 동안 사전에 계획되어 있던 깜짝 이벤트가 열렸다.

"선착순으로 갑니다! 수 씨의 포옹을 받고 싶으신 분은 손을 들어주세요!"

"나! 나!"

"저요! 여기 있어요!"

따로 지목을 할 새도 없이 경호원들 틈을 비집고 여고생이 들어왔다.

너무도 적극적인 모습에 오수연도 여고생에게 마이크를 내밀었다.

"수 오빠 어디가 좋죠?"

"섹시해요."

"특히 어디가?"

"다요. 전부 만지고 싶어요!"

본인이 말하고도 부끄러운 마음이 들었는지 비명을 지르며 혼자 좋아했다.

"다는 어렵고 중간에서 합의 봅시다. 포옹 갑니다!"

"꺅!"

여고생은 소원이던 수와의 포옹을 마치곤 황홀한 얼굴로 돌아섰다.

"자, 수 씨한테 평소 궁금하던 거! 질문 하나 받습니다!"

"저요! 저 진짜 궁금해서 죽을 거 같아요."

"그쪽 여성분 말씀하시죠!"

지목을 받은 새내기 여대생이 소리쳤다.

"오빠! 진짜로 국보소녀 지아랑 사귀는 거 아니죠? 둘이 사귄다는 거 거짓말인 거죠? 그죠?"

"수 씨의 대답은!"

오수연이 마이크를 수의 입에 댔다.

"저와 지아 씨는 친한 오빠 동생 사이, 그 이상 그 이하도 아니에요."

"예스. 그럼, 오빠! 좋아하는 여자는 있어요?!"

"……!"

순간적으로 허를 찔리는 질문을 받은 수의 동공이 흔들렸다.

언제고 이런 날이 올 줄은 알았지만, 준비할 새도 이런 질문을 받을 줄은 꿈에도 몰랐다.

그러나 수는 이내 침착함을 되찾고는 차분하게 대답했다.

"좋아하는 여자는 없네요."

"오!"

'은은 씨는 내가 사랑하는 여자니까.'

수는 교묘하게 합리화를 하며 의미심장한 미소로 대답을 여운을 남겼다.

일종의 팬 서비스랄까?

그러나 마음이 꼭 편하지만은 않았다.

고은은과 같이 살고 있으면서도 본의 아니게 숨길 수밖에 없는 것도 꽤나 답답한 일이었다.

'마음 같아선 지금이라도 당장 식을 올리고 싶은 심정이야.'

아직 수의 나이 24살밖에 되지 않았다. 결혼을 하기엔 좀 이른 나이임에는 분명하다.

그러나 수는 나이가 장벽이 된다고 생각하지 않았다.

다만 걸리는 건 리밍의 수락이다.

지금은 잠잠하지만 고은은을 정략결혼으로 활용하려는 뜻을 아직도 꺾지 않았다면 결혼은 요원한 일이다.

'아직이야. 좀 더 내가 떳떳해질 때까지만 참자.'

얼마 남지 않았다.

올해 안에 수는 많은 걸 이룩할 생각이다.

계획대로만 된다면 최악의 경우 리밍의 허락을 받지 못하더라도 결혼을 감행할 생각이다.

그것이 고은은을 지킬 수 있는 유일한 방법일 테니까.

2

서울에 위치한 힐튼 호텔.

모처럼 정장을 차려입은 수가 그곳을 찾은 이유는 LIG배 기왕전 본선 개회식에 참석하기 위해서다.

16강행을 확정 지은 수는 오늘부터 이틀간 있을 16강전과 8강전 대국을 연이어 두게 된다.

단판으로 이루어지는 대국이다 보니 피 말리는 승부가 될 공산이 컸다.

그런 프로 바둑기사의 예민함을 알기에 개회식도 짧게 이루어졌다.

개회사와 대진표 추첨, 그리고 사진 촬영을 끝으로 편안 옷으로 갈아입고 대국을 준비할 시간이 주어졌다.

먼저 대국장에 도착한 수가 대진표를 보며 분위기를 익혔다.

"천예오에 씨는 일본 기사랑 붙네. 준고? 저번에 그 인터뷰때 신예 기사인가?"

아까 개회식 때 보니 작년에 입단한 10대 기사였다. 첫 세계기전 본선전인만큼 긴장할 법도 한데 전혀 그런 기색이 없어 보여 인상에 남았다.

"어이."

수의 어깨에 원성진이 팔뚝을 떡하니 걸쳤다.

"그림 죽이네."

"네?"

"대진표. 딱 봐도 결승에서 우리가 자웅을 겨루는 그림이 잖아요. 느낌 딱 오는데?"

원성진 4단은 자만을 넘어선 오만에 가까운 자신감을 보였다.

문제는 수가 원성진 4단과 가까이 지내다 보니 의식하지 못한 사이에 그에 물들었다는 것이다.

"그러게요. 그 결승에서 이기는 건 당연히 저고요. 그죠?"

"아주 맞먹으려고 드네? 그러자고요. 승패는 내야 하니까. 그러려면 오늘 지지 맙시다."

"선배님이야말로 지지 마세요."

참으로 묘하다.

두 사람은 분명 타이틀을 두고 경쟁을 하는 사이다.

그런데도 불구하고 이렇듯 서로를 라이벌로 의식하고 대화를 나누고 있으면 긴장이 싹 풀린다.

서로를 실망을 시키지 않기 위해서라도 꼭 이겨야 한다는 동기부여까지 된다.

'이런 게 선의의 경쟁인가?'

수는 원성진 4단을 만난 게 프로 바둑기사 인생에서 가장 큰 축복이 아닌가 싶었다.

그리 작별을 고한 두 사람이 각자의 바둑판 앞에 앉았다.

상대 대국자가 바둑판 너머에 착석했다.

한국의 정현우 8단이다.

'발 빠른 기풍의 소유자. 최근 성적도 좋은 편이고.'

간단하게나마 떠오르는 기억을 염두에 두었다.

상대에 대한 기풍을 파악하고 있는 건 대국에 매우 주효하게 작용하기 때문이다.

탁!

흑을 쥔 정현우 8단의 착점으로 대국이 시작됐다.

본선에 진출한 기사들인만큼 누구 한 명 호락호락한 상대는 없었다. 또 현장에서 추첨을 진행하고 곧장 대국을 하니 사전에 대국 상대에 대한 연구도 쉽지가 않았다.

거기다 단 한 판으로 승패가 갈리는 진검 승부였기에 변수가 많을 수밖에 없었다.

'길 게 갈 바둑이 아니야.'

포석이 끝나갈 무렵부터 돌이 어지럽게 섞였다. 이런 바둑은 십중팔구 중반에 승패가 갈린다.

'수읽기라면 내가 바라던 바지.'

판세는 수가 원하는 대로 흘러갔다.

장기인 수읽기를 바탕으로 더 대국을 복잡하게 만들어서 상대의 맥을 딱딱 끊었다.

"음."

정현우 8단의 입에서 침음이 흘러나왔다. 더는 버텨낼 재간이 없는 듯 답답한 표정이다.

"졌습니다."

"수고하셨습니다."

진 게 아쉬운 듯 정현우 8단이 수읽기에서 밀린 하변을 복기했다.

"여기서 말려든 게 너무 컸네요."

"석점에 너무 집착하셨어요."

가벼운 복기를 끝으로 돌을 정리한 수가 일어날 때였다.

"어?"

맨끝의 두 대국자가 보이지 않았다. 바둑판은 말끔하게 정리되어 있고 그 위에 가지런히 바둑알통이 놓여 있었다.

'나보다 먼저 대국이 끝났어?'

각각 제한 시간 두 시간의 장고 바둑이다. 수는 중반의 수읽기를 압도하며 불계승을 거뒀다. 무려 두 시간 만에 이룬 쾌거다.

근데 그런 수보다 더 빨리 끝낸 대국이 있으니 놀랄 따름이다.

'천예오예 씨가 두신 거 같은데, 상대가 누구였는지 모르지만 버텨내질 못했나 보네.'

천예오예 3단의 바둑은 길들여지지 않는 맹수와 같다. 한번 이빨이 박히면 절대 놓는 일이 없으니 장고 바둑이더라도 한 번 무너지면 사지를 내어주어야 한다.

천예오예 3단의 승리를 의심하지 않고 막 대국장을 빠져나올 때였다.

"어? 어!"

입구에 비치된 대형 대진표에 표시된 승자의 이름을 본 수의 눈이 보름달만큼 커졌다.

"처, 천예오예 씨가 졌어?"

그래.

대진표의 승자란에 적힌 이름은 준고.

일본의 10대 신예 기사였다.

3

이변이 일어났다.

우승 후보로 주목받던 중국의 천예오예 3단이 무명이나 다름없는 일본의 신예 기사 준고에게 일격의 패배를 당한 것이다.

기자들은 신이 났다.

모처럼 기사거리로 쓸 만한 얘기가 생긴 것이다.

김수진 기자가 주최 측에서 고용한 일본어 통역사를 대동하여 인터뷰를 진행했다.

"이변이라고 부를 만한 승리입니다. 승리를 따낸 요인이 어디에 있는지?"

"어…… 솔직히 이길 줄 몰랐어요. 질 거 같아서 마음을 비우고 뒀는데, 그게 전화위복이 된 거 같아요."

준고는 점잖아 보이는 외모만큼이나 말투도 차분했다. 저 나이 때에 흔히 볼 법한 경솔함이나 장난기는 전혀 보이지 않는다.

수와 원성진 4단은 조금 떨어진 거리에서 그런 준고를 보며 이야기를 나누고 있었다.

"그 천예오예 씨가 질 줄이야."

"걔는 질 만해. 바둑이 앞만 있지 뒤가 없잖아."

수는 고개를 설레설레 저었다.

"좀 인정할 건 인정하시지. 속 좁아 보여요."

"진짠데? 작년 천왕배에서 완전 이기는 거 못 봤나 봐요? 그 기보 보면 막 감탄이 밀려와요, 또. 아, 이분이 이렇게 훌륭하고 어마어마한 바둑을 두시는 분이시구나 싶지."

"……봤죠. 그 다음 달 춘란배에서 천예오예 씨한테 박살 나신 것도."

"그건…… 그러니까……."

정곡이 딱 찔린 원성진 4단이 볼을 실룩거릴 뿐 딴말을 하지 못했다. 더 떠들어 봐야 구차한 변명으로 들릴 게 뻔한 까닭이다.

그런 말들이 오가는 사이 김수진 기자는 재빨리 태블릿PC에 인터뷰 내용을 타이핑하며 준고에게 다음 질문을 던졌다.

"내일 있을 8강전에서 원성진 4단과 맞붙게 되었는데, 승산은 어느 정도 있다고 보시는지?"

"승산이요? 그런 건 생각도 안 하고 있어요."

"네? 그러면?"

"원성진 기사님은 제가 제일 존경하는 프로 바둑기사시거든요. 승패를 떠나서 공식 기전에서 맞붙게 된 것만으로도 너무 설레고 기쁩니다."

진심이라는 듯이 준고가 환하게 웃을 때였다.

그는 인터뷰 도중 멀찌감치에 있는 수와 원성진 4단을 발견하더니 벅찬 표정을 지었다.

"저 기자님 잠시만요."

양해를 구한 준고가 헐레벌떡 뛰어오더니 갑자기 펜과 한지 부채를 원성진 4단에게 내밀었다.

"개회식 땐 경황이 없어서요. 부채에 사인 좀 해주세요. 부탁드리겠습니다."

"뭐? 사인해 달라고?"

일본어로 말하는 통에 완전히 이해할 수는 없었지만 원성진 4단은 순간적으로 사인이란 단어를 놓치지 않았었다.

그때 일본어도 구사할 줄 아는 수가 나서서 도와주었다.

"사인해 달라고 하는 거 맞아요."

"나 참…… 이놈의 인기는 참 글로벌하다니까. 어디, 여기에?"

스스슥!

원성진 4단이 부채에 사인을 했다. 천재는 악필이라는 말마냥 멋지다는 생각은 들지 않았지만, 그것만으로도 준고는 한없이 기쁜 듯 허리를 몇 번이고 숙였다.

"아리가또 고자이마스(감사합니다)!"

준고가 돌아서서 가버리자 원성진 4단이 으쓱해 보였다.

"봤죠? 내가 이런 사람이야. 어린 기사들의 존경을 한 몸에 받는 사람이랄까?"

"어련하시겠어요."

대충 말을 받아주던 수는 컨디션을 핑계로 몸을 뺐다.

16강전과 8강전은 중간에 쉬는 날 없이 연달아 이틀간 진행되는 단판 승부인 만큼 컨디션 관리에 힘쓰기 위함이다.

"어?"

객실로 올라가기 위해 엘리베이터에 탑승하려던 수의 눈이 커졌다.

캐리어를 끌고 승강기를 나서는 천예오에 3단과 딱 마주친 것이다.

"언제까지 서 있을 참이지?"

수가 아차 싶었는지 슬쩍 비켜주었다.

"죄송해요. 바로 중국으로 가시는 거예요?"

"보다시피."

"……."

수는 어떤 말을 해야 할지 참 난감했다. 자칫 섣불리 위로

나 격려의 말을 건넸다가 자존심에 상처를 입힐 수도 있겠다는 생각이 들었다.

드르륵!

그러는 사이 천예오예 3단은 수를 지나쳐 호텔 로비를 가로질러 갈 때였다.

"조심해라."

"……!"

"그 자식 강해. 어쩌면 향후 바둑계는 너나 나, 원성진이 아닌 그 자식 손에 좌지우지될지도 모른다."

세계 바둑을 담은 광오한 충고를 끝으로 천예오예 3단은 로비를 떠났다.

승부의 세계에서 절대 승자는 없다지만 유독 오늘따라 돌아선 뒷모습이 초라해 보였다.

드르릉!

정신을 차린 수가 문이 닫히기 직전 승강기에 탔다.

객실이 마련된 해당 층에 도착하기를 기다리는 동안 수는 고민에 잠겨들었다. 수의 표정은 복잡했다.

"준고."

도대체 어느 정도의 재능이기에 천예오예 3단이 저런 칭찬을 한 것일까?

객실로 돌아와 침대에 대자로 누워 준고의 바둑을 상상했으나 쉬이 그려지지 않았다. 짐작조차 가지 않는 바둑이기에 더 궁금하고 안달이 났다.

"내일이면 확실히 알 수 있겠지."

준고의 8강전 대국 상대는 원성진 4단이다.

그는 도전을 해온다면 호락호락하게 받아줄 사내가 아니다.

4

탁 트여 서울 조망이 한눈에 들어오는 1703호 객실에는 일본 프로 바둑기사 준고 초단과 보호자 격으로 함께 온 아버지 슈헤이가 마주 앉아 담소를 나누고 있었다.

"세계 급의 기사랑 붙어본 소감은 어떠냐?"

"별 느낌 없어요."

준고는 소파에 다리를 웅크리고 앉은 채로 휴대용 게임기를 만지작거리고 있었다.

"기대에 못 미쳤다는 말로 들리는구나."

"솔직히 말하면 좀 그래요."

슈헤이는 히죽 웃었다.

아들이지만 준고의 재능은 정말이지 소름이 끼칠 정도다.

근 이십 년 가까이 세계 바둑에서 뒷전으로 밀려난 일본 바둑계를 정상에 다시 올려놓고도 남을 악마의 재능을 타고난 것이다.

"내일은 그래도 좀 재미있을 거다. 원성진은 자타가 공인하는 톱 기사 아니냐? 또 네 입으로 얘기했다시피 가장 존경하는 프로 바둑기사이기도 하고."

"누가요?

게임에 집중을 하던 준고가 고개를 들어 시선을 맞췄다.

차게 느껴지는 눈길에 아들임에도 불구하고 슈헤이는 준고가 낯설게 느껴졌다.

"원성진 4단이지. 사인도 그 때문에 받은 거 아니냐?"

"아닌데요."

"그럼?"

인터뷰 도중에 원성진 4단에게 달려가 사인을 받던 모습을 슈헤이는 똑똑히 기억한다. 또 인터뷰 내내 원성진 4단을 존경한다느니 어쩐다느니 떠들지 않았던가.

"뭔가 단단히 착각하고 있는 모양이네요."

"착각?"

"내가 뭐가 아쉬워서 그런 인간을 존경해요?"

"그럼 사인은 뭐하려고……."

당황한 슈헤이를 뒤로하고 준고가 히죽 웃었다. 어딘지 모르게 기분 나쁜 미소다.

"재밌잖아요."

"재미?"

"지 딴에는 잔뜩 우쭐했을 텐데, 그러고 나한테 져봐요. 얼마나 개망신이겠어요? 아! 신나. 그 꼴을 빨리 보고 싶네."

"……."

"아! 부채는 오다가 화장실에 버렸어요. 한국어 왜 그따위래? 하여간, 풍미가 떨어지는 민족에 어울리는 언어라니까."

준고는 타국의 문화마저 폄하하고 욕보였다.

눈을 씻고 찾아봐도 타인에 대한 존중이나 배려는 보이지 않았다.

이게 실제 준고의 모습이다.

겉으로 겸손한 척, 예의 바른 척 행동하지만 뒤돌아서는 순간 멸시하고 서슴없이 욕을 무시하는 이중적인 성격이다.

그런 아들의 삐딱한 인성에 슈헤이는 혼을 내야 할지 망설이다가 말았다.

부모로서 올바른 길로 인도하고자 가르쳐야 옳지만 슈헤이는 그러지 않았다.

'그딴 거 못 하면 어때? 너만 잘 나면 돼. 죄다 밟아버리면 된다고.'

어쩌면 너무 잘난 준고가 남을 깔아뭉개며 무시하는 것에 희열을 느끼게 된 것도 그 탓일지도 모른다.

그것만으로도 부모로서 실격임을 그는 망각하고 있었다.

5

동이 트고 날이 밝는다.

알람 예정 딱 오 분 전, 수의 눈이 기계처럼 떠졌다. 잠을 잘 잔 덕인지 금세 정신이 또렷해지자 기지개를 쭉 켰다.

"컨디션이 좋네."

그날의 컨디션은 집중력과 직결되므로 대국에도 크게 영향을 미친다.

맑은 머리나 가벼운 몸으로 미루어 볼 때 더 좋을 수 없을 만큼 컨디션은 최상이다.

말끔하게 샤워를 하고 아침 식사를 가볍게 챙겨 먹었다. 그러고도 여유가 남아 객실에서 고은은과 전화 통화를 했다.

─그랬구나. 천예오예가 떨어질 줄은 몰랐는데…….

고은은은 둘도 없는 단짝친구 천예오예 3단의 탈락 소식에 아쉬움을 금치 못했다.

그러나 동정은 하지 않았다.

프로에게 있어서 패배란 실망하고 좌절할 일이 아닌, 더 발전하기 위한 과정인 까닭이다.

─꼭 이기란 말은 안 할게요. 최선만 다해요.

"늘 이런 식이라니까. 최선을 다해서 이기고 갈게요. 이따가 봐요."

통화를 끊은 수가 객실을 나섰다.

8강전이 치러질 대연회장은 아직 한산했다. 대국까지는 시간적 여유가 남은 까닭이다.

"미리 화장실이라도 다녀올까?"

대연회장 옆에 마련된 남성 공용 화장실에 들어갔다.

시원하게 소변을 보고 손을 씻은 뒤 비치된 휴지를 뽑아 손에 묻은 물기를 닦고 쓰레기통에 버리려고 할 때였다.

"어? 어!"

뭔가를 발견한 수의 눈초리가 좁아진다.

점차 쓰레기통에 쏠리는 시선 너머로 눈에 익은 한지 부채가 들어왔다.

어제 원성진 4단에게 사인을 받아 간 준고의 부채와 매우 흡사했다.

"설마 아니겠지."

부정을 하며 화장실을 나서던 수가 멈칫했다.

자꾸 마음이 쓰였다.

결국 좀 더 자세히 살펴보았다. 물기가 스며들어 한지는 눌어붙고, 부챗살도 누군가 인위적으로 부러뜨린 흔적이 역력하다. 더 경악스러운 건 악필로 쓰인 원성진 4단의 사인이다.

"준고 이 새끼, 이걸 여기다 버려?"

수의 눈에 참을 수 없는 분기가 치밀었다.

Chapter 5

1

수는 어처구니가 없다 못해 화가 났다.

'이건 실수로 잃어버린 게 절대 아니야.'

외부의 힘을 받아 부러진 살을 보면 고의적으로 망가뜨린 흔적이 역력하다.

만약 부주의로 인해 망가졌다고 하더라도 존경하는 기사의 사인을 받은 부채다. 따로 보관을 하거나 하지 화장실의 휴지통에 버려두지는 않는다.

수는 서글서글한 눈매로 겸손하게 인터뷰를 하던 준고가 떠올랐다.

준고는 수 당사자나 원성진 4단뿐만 아니라 기자, 관계자

등에게 예의 바르고 올바른 소년 기사로 인식되고 있었다. 그러다 보니 알게 모르게 괴팍하고 이기적인 원성진 4단의 언행과 비교하는 이도 적지 않았다.

그런데 이런 식으로 뒤통수를 칠 줄은 꿈에도 생각지 못했다.

"하! 이걸 진짜 선배한테 말할 수도 없고."

대놓고 가서 말하기도 껄끄럽다. 자칫 심리적으로 영향을 줘 대국에도 드러날 수 있는 까닭이다.

수의 눈빛이 살벌해졌다.

"그 자식 해서는 안 될 짓을 저질렀어."

바둑의 시작은 예절이다.

상대방을 존중하고 인정하며 겨루는 것이다. 그런데 이건 노골적으로 상대를 모독한 것과 다름없다.

스스슥!

수는 비닐봉지를 구해 와 물에 젖고 부러진 부채를 담았다.

수도 비슷한 경험을 당해봐서 잘 안다.

중국에서 사인회 당시 한 남성이 수의 사인을 받다가 갈기갈기 찢으며 깔깔깔 웃던 얼굴은 아직도 잊혀지지가 않는다.

지워지지 않을 상처로 가슴에 남은 것이다.

그래.

사인은 그 사람의 얼굴이다.

지저분한 걸 떠나서 화장실에 박혀 있는 걸 보는 마음이 편치 못하다.

비닐봉지에 부채 흔적들을 담은 수는 그걸 다시 객실에 두고 대국장으로 내려왔다.

그 사이 도착한 프로기사들이 삼삼오오 모여 떠드는 모습이 보였다.

"어이, 왔어?"

원성진 4단이 손을 흔들었다.

수가 다가가서 인사했다.

"안녕하세요."

"잠은 잘 잤고?"

"네. 선배는요?"

"나야 너무 잘 자서 탈이지. 아! 이상하게 호텔 침대에만 누우면 곯아떨어진다니까."

수는 그저 웃기만 했다. 앞서 그런 일을 겪은 까닭에 아무렇지 않게 원성진 4단을 대하기가 어려웠다.

"요로시쿠 오네가이시마스(잘 부탁드립니다)!"

귀에 꽂히는 일본어에 고개가 돌아갔다.

준고가 대국을 기다리는 프로 바둑기사들에게 일일이 다가가더니 깍듯이 허리를 굽히며 인사를 하는 게 아닌가.

"허허, 어린 친구가 예절이 아주 발라."

"원성진 저 친구가 이런 걸 배워야 할 텐데 말이야."

자신만만하다 못해 반감을 살 만큼 자기주장이 강한 원성진 4단이다. 그러다 보니 국내뿐만 아니라 타국의 기사들도 탐탁지 않게 생각하는 경향이 짙었다.

그와 반대로 10대임에도 불구하고 예의와 겸손, 그리고 세계기전 8강에 진출할 만큼 출중한 바둑 실력을 겸비한 준고이니 밉게 보일 리가 만무했다.

쭉 기사들 사이를 돈 준고가 이쪽으로 다가오더니 허리를 굽혔다.

"원성진 상, 요로시쿠 오네가이시마스(원성진 씨, 잘 부탁드립니다)!"

"얘가 또, 이렇게 무자비하게 나에 대한 존경심을 표하네. 좋은 바둑 두자고."

한껏 기분이 좋아진 원성진 4단과 준고가 악수를 주고받았다.

"……."

그걸 보는 수의 표정은 불편했다.

'연기가 수준급이야. 칸에 나가도 되겠어.'

드디어 차례가 돌고 돌아서 준고의 시선이 수에게 머물렀다.

"이수 상, 요로시쿠 오네가이시마스(이수 씨, 잘 부탁드립니다)!"

"……."

"뭐해? 인사 안 받아주고?"

수가 묵묵부답으로 일관하자 곁에 있던 원성진 4단이 팔꿈치를 쿡 찔렀다.

그러거나 말거나 수는 대놓고 무시하며 시선을 돌렸다.

"곧 대국이 시작하려나 보네요. 가죠."

"······!"

준고의 표정이 딱딱하게 굳었다.

그러거나 말거나 수는 한기를 풀풀 풍기며 휙 몸을 돌렸다. 그러면서도 맘에 들지 않는 듯 준고를 째려보는 것도 잊지 않았다.

"왜 그래? 둘이 안 좋은 일이라도 있었던 거예요?"

"선배."

수가 나지막이 부르며 눈을 맞췄다.

"무조건 이겨요."

"밑도 끝도 없이 왜 그러는데요?"

"결승에서 만나잔 약속 지키면 여자 소개시켜 드릴게요."

원성진 4단의 눈에 힘이 들어갔다.

"지, 진짜?"

"제 주변에서 제일 괜찮은 여자로 해줄게요. 그러니까 지지 마요."

원성진 4단이 입이 귀에 걸렸다. 주먹을 말아 쥐더니 가슴을 탕탕 두드렸다.

"약속 꼭 지키라고."

자신감을 보이는 원성진 4단을 보면 마음이 놓인다.

세계 바둑을 주름잡는 그의 끝없는 강함을 다른 누구보다 수가 가장 잘 알고 있기 때문이다.

'마음을 놓을 순 없어. 그 천예오에 씨도 졌으니까.'

마찬가지로 천예오에 3단도 세계 정상급의 기사다.

그랬던 그가 지고 말았다.

방심했다고 보기엔 그가 중국으로 떠나면서 남긴 충고의 말이 아직도 선명하다.

수는 한껏 들뜬 원성진 4단을 보며 생각했다.

'당신이 질 거란 생각이 들진 않지만…… 무조건 이기세요.'

프로의 세계는 결과로 말한다.

이기면 그만이다.

그런 의미에서 볼 때, 원성진 4단의 승리를 믿어 의심치 않았다.

'왜 이렇게 불안한 건데.'

가시가 걸린 듯 자꾸만 신경이 쓰인다.

그런 불안감을 안고 수는 8강전에 나섰다.

한중일에 생방송되는 까닭인지 어제보다 많은 카메라가 비치되어 있었다.

오늘 수의 상대는 왕뢰 9단이다.

'두터움을 좋아하는 기사.'

실리보단 두터움을 좋아하는 왕뢰 9단은 대략 십 년 전 혜성과 같이 등장하여 중국 바둑을 이끈 최고의 기사 중 한 명이다.

비록 서른 중반이 꺾이며 밑에서 치고 올라오는 어린 기사들에게 최고의 자리를 내어주었다지만 아직까지도 각종 기전 본선에서 단골로 등장할 만큼 기복 없는 바둑을 둔다.

좌르륵.

돌을 가렸다.

수가 흑, 왕뢰 9단이 백을 잡았다.

'기세는 내가 잡았다.'

두터운 기풍이다 보니 왕뢰 9단은 흑을 쥐는 걸 선호했다. 공식 대국의 승률을 보더라도 백보다 흑을 쥐었을 때가 월등히 높다.

"잘 부탁드리겠습니다."

수는 꾸벅 인사를 하며 돌을 집었다.

이젠 잡념은 잊는다.

대국에만 집중한다.

'이기는 건 나야.'

2

한중일 동시 생중계로 진행을 하다 보니 해설도 세 곳에서 모두 이루어졌다.

한국 해설진은 유명한 콤비인 김성용 8단과 조혜연 2단이 나섰다.

한국바둑리그에서 찰떡궁합을 선보인 그들은 바둑 마니아들 사이에서 명쾌한 해설과 매끄러운 진행으로 많은 호응을 얻고 있었다.

"거의 중후반에 접어들었네요."

"네, 슬슬 승부의 윤곽이 보이기 시작했네요."

대국이 시작된 지 세 시간이 훌쩍 지났다.

200수 가까이 진행되다 보니 격차가 벌어진 대국의 승패는 조심스럽게나마 점칠 수가 있게 되었다.

"이수 초단과 중국의 왕뢰 9단의 대국을 말씀하시는 거죠?"

"그렇습니다. 최소 반면으로 7집이 차이가 나는데 이건 역전이 어렵지 않을까 싶네요."

중립을 지켜야 하는 해설이지만 가차 없이 얘기하는 게 김성용 8단의 매력이었다.

그걸 또 중화시켜 진행을 하는 게 조혜연 2단의 몫이다.

"최근 이수 초단의 기세는 막을 수가 없네요. 한국바둑리그에서 원성진 4단과 조한성 9단을 격파한 것도 그렇고요."

"제가 얘기하지 않았습니까? 이수 초단은 아마 바둑 역사상 최단 기간 세계기전 우승과 올해 바뀐 규정대로 최단 기간

9단 승단을 노릴 수 있는 기사입니다."

"벌써부터 기대가 되네요."

세계가 주목하는 기사 수의 얘기로 화기애애한 분위기가
조성될 때였다.

메인 모니터에 원성진 4단과 일본의 준고 초단의 대국 영
상이 딱 떴다.

그걸 보는 해설진의 표정이 어두워졌다.

"……생각보다 형세가 안 좋아 보이네요."

"격차가 많이 벌어졌나요?"

조혜연 2단이 조심스럽게 반문했다.

"하변의 수싸움에서 밀린 게 컸습니다. 중반까지 쥐고 있
던 주도권을 다 내줬으니까요."

"이 난국을 이겨낼 수 있을까요?"

김성용 8단이 안경을 올려 쓰며 고개를 저었다.

"끝까지 가봐야 알겠지만 어렵지 않을까 싶습니다."

"원성진 4단도요?"

"그도 바둑의 신은 아니니까요. 전 오히려 일본의 준고 초
단을 주목하고 싶네요."

조혜연 2단도 수긍했다.

"저도 많이 놀랐어요. 중국의 천예오예 3단을 잡은 것도 대
단한데, 설마 하니 원성진 4단까지 밀어붙일 줄은 몰랐습니
다."

"준고 초단의 등장에 일본 바둑이 술렁거렸죠. 아이큐 170이 넘는 천재기사. 허명은 아닌 거 같네요. 한 치의 오차도 없는…… 뭐랄까, 컴퓨터 같은 바둑을 두고 있습니다."

"저도 대국 전에 잠깐 봤는데, 참 겸손하고 예의도 바르더라고요. 남동생을 삼고 싶을 정도였어요."

간간이 사심을 섞은 대화가 오가는 사이 바둑은 절정으로 치닫는다.

"거의 끝이 보이네요."

원성진 4단과 준고 초단의 대국이 계가에 들어갔다.

장작 네 시간의 긴 여정을 끝내고 계산이 편하게 집 모양을 바꾸며 계가했다.

덤을 감안한 여섯 집 반 차이.

원성진 4단이 흑을 쥔 걸 감안하면 반면에서 밀릴 만큼 큰 격차다.

"4강행을 확정 지을 기사들의 윤곽이 나왔네요."

"한국의 이수 초단, 조한성 9단, 일본의 준고 초단, 마지막으로 중국의 위빈 9단이네요."

한국 두 명, 일본 한 명, 중국 한 명이다.

그 결과보다 더 재미있는 건 4강행에 진출한 기사들의 단수다.

"예외적으로 초단이 두 명이나 있네요. 많은 기전의 해설을 맡았지만 이런 경우는 처음 보는 거 같네요."

"그만큼 한국과 일본의 세대교체가 이루어지고 있다는 거죠."

"개인적인 바람은 한국이 가장 앞서갔으면 하네요."

한중일에게 있어 바둑은 자존심 승부다.

근 몇 년간 중국의 기세에 눌려 있던 한국과 일본은 어떻게든 용트림을 하기 위해 애를 썼다.

그나마 한국은 낫다.

아직 조한성 9단이 건재하고 원성진 4단과 신성 수가 등장했으니까.

그런 와중에 일본도 애가 타게 기다리던 신예가 등장했다.

준고.

이제 세계가 이 어린 소년을 주목하기 시작했다.

3

수의 대국이 가장 늦게 끝났다.

내세가 기운 뒤였지만 끝까지 미련을 버리지 못한 왕뢰 9단이 억척스럽게 계가까지 끌고 간 까닭이다.

"수고하셨습니다."

결과는 덤을 포함해 수의 여섯 집 반.

프로 레벨 무대에서는 꽤 큰 격차의 승리였다.

좌르륵!

어지럽게 섞여진 바둑알을 통 안에 넣고는 대국장을 나섰다.

'원성진 선배의 대국은?'

그가 질 거란 생각은 들지 않는다. 그런데 자꾸만 신경이 쓰인다.

수가 돌아서서 보니 대국장 끝머리에 기자들이 몰려 있었다. 아마도 오늘 대국의 승자들의 인터뷰를 따고 있는 것으로 보였다.

"……!"

어슴푸레 비친 윤곽의 주인공은 놀랍게도 준고였다.

스포트라이트를 한 몸에 받으며 겸손한 미소를 짓고 성심성의껏 기자들의 질문에 답을 해주고 있었다.

수는 서둘러 비치된 대진표를 확인했다. 아니다 다를까, 준고의 4강이 표시되어 있었다.

"맙소사, 진짜로 졌어? 성진 선배가?"

믿기지 않는 듯 중얼거리는 등 뒤로 익숙한 목소리가 들렸다.

"많이 놀라셨죠?"

수가 돌아보니 김수진 기자였다.

"어떻게 된 일이에요? 실수라도 한 건가요?"

"아뇨. 실수 같은 거 없었어요."

김수진 기자가 귀 뒤로 머리를 넘기며 말을 이었다.

"초반 기세부터 밀렸어요. 그게 중반의 전투까지 악영향을 줬고."

"……."

김수진 기자가 쉬이 말을 잇지 못하는 수에게서 시선을 거둬 준고를 응시했다.

"일본이 낳은 천재 기사. 듣기 좋으라고 붙인 말은 아닌가 봐요. 이러다가 수 씨의 화려한 프로 데뷔가 묻히는 게 아닐까 모르겠네?"

"그런 건 신경 안 씁니다."

수는 주최 측과 승패와 관련된 확인서를 작성하고 몸을 돌렸다. 그러자 작게나마 인터뷰 중인 준고의 목소리가 들렸다.

"혹시 이길 줄 아셨는지?"

"아뇨. 배운다는 마음가짐으로 뒀는데, 결과가 좋았습니다."

"여전히 겸손하신데요. 중반의 전투에서 불리함을 무릅쓰고 싸움을 거신 이유가 있나요? 거기가 승부수 같았는데요?"

"별거 없고 싸울 만해서 싸웠어요. 수가 보이는데 질 거 같지 않더라고요."

바른 척 대답을 하고 있지만, 준고는 교묘하게 원성진을 무시하고 있었다.

또 겸손함을 가장한 자신감도 높다. 자신의 실력에 대한 확신도 강하지 않을까 싶다.

그러거나 말거나 수의 눈에는 준고가 곱게 비치지 않았다.

잠시 후, 4강전에 진출한 네 사람이 주최 측 인사들과 기념 사진을 촬영했다. 이틀에 걸친 개회식, 16강전, 8강전까지 이어지는 모든 일정이 끝난 것이다. 이제 4강은 삼 주 뒤에 이곳에서 단판 승부로 두어질 예정이다.

"준고."

막 대국장을 나서는 찰나 수가 불러 세웠다.

"저 부르셨어요?"

가식적인 미소를 머금고 돌아선 준고가 대답했다.

언어는 당연히 일본어.

준고는 한국어를 못하기 때문에 통역사가 없이는 대화가 어렵지만, 대신 수가 일본어를 모국어처럼 구사할 수 있기에 무리가 없었다.

"할 말이 있는데."

"아! 네, 하세요. 근데 일본어 잘하시네요?"

의외라는 표정을 짓는 준고를 뒤로하고 수가 굳은 표정으로 말을 이었다.

"어제 성진 선배가 사인해 준 부채는 잘 보관하고 있어요?"

"그럼요! 제 보물인데요."

너무도 해맑은 미소로 아이 같이 웃는 준고.

위선과 거짓으로 범벅된 그 얼굴을 보고 있자니 속이 부글 부글 끓었다.

"미안한데, 그것 좀 볼 수 있을까?"

"네?"

순간이지만 준고가 당황하는 기색을 보였다.

"왜, 어려워?"

"그게 좀……."

"당연히 그러겠지. 쓰레기 더미에 버렸을 테니까."

"……!"

삽시간에 얼굴색이 칠흑으로 변했던 준고가 애써 태연한 척 둘러댔다.

"저 도대체 무슨 말씀을 하시는 건지 모르겠네요."

"모르면 보여줄까? 여기서 꺼내서?"

"……."

준고는 말이 없다.

추궁을 받는 순간 빠져나갈 데가 없음을 직감했다.

결단이 서자 눈빛이 변했다.

서글서글하면서도 겸손한 모습을 보이던 평상시와 사뭇 다르다. 마치 사람을 위에서 깔아보는 듯한 아주 기분 나쁜 눈이다.

"그래서 어쩌라고."

"뭐?"

오히려 당황한 건 수다. 인성이 그릇된 건 알았지만, 설마

이 정도로 막장일 줄은 몰랐다.

그러거나 말거나 준고는 지금 단둘밖에 없다는 사실을 인지하곤 본성대로 지껄였다.

"형이 뭔데 끼는데? 내 부채 내가 버렸어. 그게 뭐 어때서?"

"그럴 거면 왜 사인을……."

"아, 그거? 그냥 심심해서. 솔직히 웃기지 않아? 같잖은 실력 믿고 입 터는 꼴이라니. 형, 난 있지, 가끔 보면 조센징이 이해가 안 가. 그게 종족 특성이야? 역사를 봐도 그래. 알량한 재주를 믿고 주제파악을 못해요."

"닥쳐!"

순간적으로 욱하는 감정을 참지 못한 수가 일갈을 했다.

그 소리에 꽤 컸던 까닭에 주변의 시선이 몰린 것도 당연했다.

준고는 그러거나 말거나 본심을 떠들었다.

"깜짝이야. 뭘 그리 소리를 질러대? 형, 할 말이 있으면 바둑판 앞에서 해야지. 억울하면 이기라고 해. 그럼 되잖아? 아! 패배자의 말 따윈 들어주지도 않을라나?"

"……."

"프로는 실력으로 말하는 거잖아. 안 그래?"

수의 눈빛이 차갑게 가라앉았다.

맞는 말이다.

수가 몸담고 있는 프로바둑 세계는 경쟁을 기반으로 한다.

하지만 그게 다가 아니다.

경쟁이 중요하지만 그에 못지않게 서로에 대한 존중이 필요하다. 또 같은 직업에 종사하는 동지로서 배려해야만 한다.

그런데 준고는 최소한의 도리조차 지키지 않는다. 아직 어리다는 말로 넘기기엔 최악의 인성이다.

"네 말이 맞아. 프로는 실력으로 말하는 거지."

"그니까. 패배자는 떠들 자격이 없어."

준고가 이죽거렸다. 자기 뜻에 호응을 해주는 신이나 보인다.

"너 결승까지 지지 마라."

"응?"

수가 살벌한 눈빛으로 경고했다.

"네 말대로 실력으로 결승에서 널 밟아주마."

"기대되는데?"

비아냥거리는 준고를 무시하며 수는 쌩하니 돌아섰다.

더 상대를 해봐야 기분만 잡칠 것 같다.

'승부는 바둑판 위에서 낸다.'

더 긴말은 필요 없다. 바둑의 승패가 모든 걸 말해줄 것이다.

4

똑똑.

서재 겸 작업실에 콕 틀어박혀 있는 수의 책상 위에 고은은이 음료와 다과를 내왔다.

"피곤하지도 않아요? 좀 쉬지."

"여기가 편해서요. 연구할 것도 많고."

수는 한시도 바둑판 앞에서 떨어지질 않았다. 손에서는 기보를 놓지 않고 그간 소홀히 대했다고 느껴졌던 바둑 공부에 열중했다.

'해도 해도 부족해.'

스케줄에 쫓기다 보니 남들에 비해 뒤처진다는 인상을 받지 않을 수가 없었다.

그런 조바심이 수를 더욱 채찍질하게 만들었다.

"그러면 방해 안 할게요."

고은은은 더는 귀찮게 하지 않고 나갔다.

그녀 또한 여류 프로기사로 각종 기전에 참가했던 경험이 있기에, 수의 지금 심정을 어느 정도 이해하고 있었다.

띠링!

그때 책상 위에 올려뒀던 휴대전화에 스마트폰 모바일 메시지가 날아왔다.

확인을 해보니 이상민이었다.

상민 형 : 야야, 지금 데모 곡 하나 메일로 날렸다. 지금 확인 가능하냐?

나 : 급한 거예요?

상민 형 : 어, 내일 녹음이라네. 타이틀곡도 아니고, 단가 싼 거니까 해봐.

나 : 네.

상민 형 : 파일암호도 메일에 동봉했다. 아! 참고로 남녀 듀엣곡이다.

휴대전화를 손에서 놓은 수는 잠시 숨을 골랐다.

아직까지 낮에 준고와 있었던 감정의 여파가 남아 있었다.

"여전히 기분 나빠."

고은은이 가져다준 음료를 벌컥벌컥 들이켰다.

달달한 맛은 둘째 치고 속이 뻥 뚫린 것처럼 청량하다.

그 상태로 의자에 등을 기댄 채로 클래식을 틀었다.

엘가의 사랑의 인사.

비발디의 사계.

쇼팽의 야상곡.

잡념을 잊은 채 클래식에 몸을 맡기고 있자 걸리적거리던 감정들이 점차 사그라들었다.

인간의 감정마저 누그러뜨리는 힘, 그것이 시대를 넘어서 사랑하는 클래식의 위대함이었다.

"이제 봐볼까?"

그제야 수는 컴퓨터 모니터로 시선을 돌렸다.

포털 사이트에 로그인을 해서 이메일로 수신받은 데모 곡을 다운받았다.

파일을 실행시키자 암호를 입력시키는 창이 떴다.

"보자, 암호가……"

원칙대로라면 데모 곡이나 샘플 곡들은 이메일로 파일을 교환하지 않는다. 혹시나 있을 음원 유출의 우려가 있는 까닭이다.

그러나 녹음 일정이 촉박하다 보니 할 수 없이 이메일로 주고받게 되었다. 만약의 일을 대비해 음원 파일을 암호화시켜서.

"후우."

수는 크게 심호흡을 하며 잠시 머리를 비웠다.

작사든 뭐든, 처음 데모 곡을 대할 때의 자세는 매우 중요하다.

세세한 음설, 어휘, 표현, 해석 등을 다 떠나서 곡을 관통하는 느낌은 처음 듣는 그 순간에 좌지우지되기 때문이다.

"들어보자."

헤드셋을 귀에 착용한 수가 재생 버튼을 클릭했다.

왠지 모르게 사람을 아련하게 만드는 하모니카 연주로 시작되는 전주.

겨우 초반에 불과했지만 수는 몰입되는 걸 느꼈다.

그 뒤로 피아노 연주가 곁들여지면서 본격적인 1절의 멜로디가 들린다.

감미롭지만 애처로운 이야기.

뒤늦게 알게 된 소중한 누군가의 빈자리.

수는 순간적으로 많은 느낌을 받았다.

다시 하모니카 반주가 이어지더니 음역대와 조가 바뀐다.

'여기서부터 여자의 느낌이 물씬 나.'

앞서 남성 파트와 비슷하나 미묘하게 코드가 다르다. 남녀의 음역대 차이에 기반을 둔 걸 수도 있지만, 그 차이가 여성의 많은 심리를 담는다.

남녀의 파트가 끝난 이후로 듀엣 파트가 등장한다.

앞선 부분은 자신의 이야기를 돌아보는 느낌이었다면, 뒷부분은 서로에게 하지 못했던 많은 말과 진심을 쏟아내는 느낌이다.

"아……."

곡이 끝나고 수는 눈시울에 눈물이 핑 돌았다.

"요새 부쩍 눈물이 많아졌어."

진서의 죽음 이후로 감성적인 남자가 되었다. 사소하고 작은 것들만 보더라도 마음이 짠하거나 아파올 정도였다.

"느낌이 와."

수는 노트를 펼치곤 펜을 집었다.

그저 느낌이 떠오르는 대로 무작위로 노트에 휘갈겼다.

의미 없어 보이는 단어, 연결되지 않는 문장, 생뚱맞은 감정까지 하나로 이어지는 게 없었다.

그러나 그게 시작이다.

떠오르던 감정들을 하나로 엮기 전 모으는 게 중요하다.

수는 상상한다.

헤어진 남녀가 있음을.

너무도 추상적인 그러한 관계에 디테일을 부여한다.

어떻게 헤어졌는지, 왜 헤어졌는지, 누가 먼저 헤어지자고 했는지, 더 나아가 헤어지고 난 뒤 두 사람은 어떻게 서로를 그리워하고 있는지를.

이런 디테일 하나하나가 가사에 리얼함을 부여하기에 간과할 수가 없었다.

그러기를 얼마의 시간이 지났을까?

데모 곡을 들으며 가사를 대입시키기를 반복하자 조금씩 윤곽이 드러났다.

"은은 씨!"

수는 대뜸 거실에 있을 고은은을 불렀다.

끼이익!

호명을 들은 고은은이 방문을 열었다.

"불렀어요?"

"이거 제가 작사했는데, 한번 들어봐 줄래요?"

고은은이 끄덕이며 의자를 가져와 옆자리에 앉았다. 수가 손수 헤드폰을 귀에 걸어주었다.

"수 씨가 작사한 거예요?"

"네, 사심 담지 말고 냉정하게 들어줘요. 아셨죠?"

"나 차가운 여자라서, 그러면 수 씨 울 텐데."

수가 마우스로 재생 버튼을 클릭하자 헤드폰에서 전주가 흘러나왔다.

그 사이 수가 따로 음반 작업을 위해 구매해 둔 마이크를 켰다. 아직 미완성이긴 하지만 직접 작사한 곡을 라이브로 부르기 위함이다.

같이 전주를 듣던 수가 직접 작사한 노래를 불렀다.

"떠난 네가 다시 돌아올까 봐……."

멜로디에 가사가 붙고, 가수가 부르자 곡에 생기가 흐른다.

그저 아릿했던 감정이 깊어지고, 진한 사연이 안타깝게 전해진다.

남성 파트 부분이 끝나자 수는 잠시 기계를 건드렸다.

요샌 세월이 좋아져서 버튼 몇 가지로 남성의 보이스를 여성스럽게 변조가 가능했다. 물론 오리지널 여성의 보이스에 비하면 그 맛이나 느낌이 인위적인 건 어쩔 수가 없다.

최대한 느낌을 살려서 수가 완창을 했다.

하모니를 이뤄야 할 부분에서 아쉬움이 남았지만 그래도 최선을 다했다.

"어때요?"

수가 조심스럽게 물었다.

최근 가장 핫한 가수라고 해도 작사가로서는 초보나 다름 없기에 긴장이 되기도 했다.

헤드셋을 벗은 고은은이 목이 메는지 살짝 입술을 깨물었다. 그러다가 예고도 없이 수의 목덜미를 꽈악 껴안았다.

"은, 은은 씨?"

"당신 없으면 못 살 거 같아요."

수가 당황했다.

감상을 물었는데 이런 식으로 나올 줄은 꿈에도 몰랐기에.

잠시 후에 포옹을 푼 고은은이 여운에 젖은 표정으로 짧은 감상평을 뱉었다.

"여러 모로 어색한 부분도 있었지만…… 이 곡을 듣는 내 내 당신의 소중함을 일깨워 줬어요."

"……!"

"사랑해요, 수 씨."

이런 말이 있다.

위대한 명곡의 작사나 작곡은 최대 두 시간을 넘기지 않는다고.

지금처럼…….

Chapter 6

1

A&R.

아티스트 앤드 래퍼토리(Artist and Repertoire)라고 불리는 이 직업은 일반인들에게는 몹시 생소할 것이다.

미국 음반산업에서는 작곡가, 가수, 작사가, 프로듀서 등과 긴밀한 관계를 가지며 조율을 담당하는 역할이지만 국내 시장에선 좀 더 광범위한 직무로 변질되어 있다.

기획사나 제작사에 소속된 A&R은 기획 단계부터 작곡가와 작사가의 미팅과 곡의 의뢰, 콘셉트, 스케줄 조정, 세션 녹음과 미싱 작업 등 음반에 관련된 모든 분야에 관여하게 된다.

즉, 음반의 성공 여부에 가장 큰 영향을 끼치는 전문화된 직무로 발전한 것이다.

"일들 이따위로 할래?"

국내 불굴의 기획사 TG의 A&R 팀을 총괄하는 본부장 김기남의 표정이 심상치 않다.

그도 그럴 것이 지난 6개월간 심혈을 기울여서 준비한 솔로 여가수 혜리의 데뷔 앨범 음원들의 완성도가 생각보다 저조한 까닭이다.

"녹음이 내일인데 이걸 데모 곡이라고 뽑아 와? 타이틀 곡 아니라고 이따위로 작업할래? 앙? 일들을 하는 거야, 마는 거야! 왜 말들이 없어!"

"……죄송합니다."

김기남 본부장의 으름장에 팀원들은 고개를 푹 숙인 채 눈을 마주치지 못했다.

한 번 화를 내면 대표 양태석도 말릴 수가 없을 만큼 불같은 인물이다.

거기나 실력은 업게 최고라고 해도 과언이 아니기에 누구 하나 반박조차 하지 못한다.

"7번 트랙 '그 남자 사정, 그 여자 사정'은 내부로 안 돼서 외부로 돌려? 그러다 음원 유출되면? 네들이 책임질래?"

"……죄송합니다."

"꼴들 좋다."

뭐 하나 마음에 드는 구석이 없는 김기남 본부장이 혀를 끌끌 찰 때였다.

똑똑.

회의실 밖에서 노크 소리가 들렸다.

"누구세요?"

눈치를 보던 팀원 한 명이 조심스럽게 밖을 향해 물었다.

"저 지아예요."

비스듬히 열린 문틈으로 지아가 미안한 얼굴을 보이며 인사를 했다.

"어, 와서 앉아."

김기남 본부장이 자리를 권하자 지아가 옆쪽의 빈자리에 앉았다.

오늘 지아는 화려하기보단 수수했다. 소속사 식구들만 볼 수 있는 생얼인데 직원들을 한 가족으로 인식하기 때문인지 편안해 보였다.

"좀 일찍 왔네?"

"제 앨범인데, 신경 쓰이더라고요."

TG에서 동시 프로젝트로 제작 중인 앨범만 해도 십여 장이 넘는다. 그만큼 A&R 팀은 기획사에서 핵심적인 브레인 역할을 맡고 있다고 해도 과언이 아니다.

"그럴 만하지. 좀만 기다려. 혜리 7번 트랙 데모 곡만 들어 보고 네 앨범 얘기하자."

"저 나가 있을까요?"

"아냐, 그냥 있어도 돼. 너도 듣고 뭐가 괜찮은지 골라주라."

국보소녀는 지금 세계를 강타하는 아이돌의 선두주자다.

연습생 시절부터 만능 엔터테이먼트를 추구하던 TG의 계획대로 연기, 음악적 소질, 예능감 등 많은 교육이 수반되었다.

그 까닭에 실력도 실력이지만, 트렌드를 쫓는 감각도 빼어났다. 발군의 센스와 재능을 지닌 지아의 조언이라면 도움이 되리라.

"가이드 곡 틀어봐."

가제 그 남자 사정, 그 여자 사정의 가이드 곡이 회의실 안에 흘러나왔다.

이름 없는 가수들을 섭외해 부른 가이드 곡은 완성도는 떨어질지 모르지만 곡의 기본에 충실하게 불러 차후 가수의 녹음에 도움을 준다.

"꺼. 누가 작사했나?"

"……가, 강지영 씨요."

"감 죽었네. 앞으로 그쪽에 의뢰 넣지 마라. 다음!"

더 들을 필요도 없다는 듯 칼같이 쳐냈다.

다음 가이드 곡이 흘러나온다.

"가사가 귀에 안 붙어. 다음 거."

김기남 본부장이 요구하는 기준은 높았다.

"얘는 뭐냐, 이게? 지가 작곡가야? 음절이랑 발음도 멋대로 바꾸고. 발라드를 침 튀기면서 부르리? 뭐가 이렇게 격렬한데."

타이틀곡이 아님에도 이 정도의 완성도를 요구하기에 TG에서 발매되는 음반이 실패하지 않는 것이기도 하다.

답답한 마음에 김기남 본부장이 물을 한 컵 들이켰다.

"어때?"

"썩……."

지아도 영 만족스럽지 않아 보였다.

지금까지 들은 가이드 곡은 뭐 하나 특별할 게 없이 구태의연하고 추상적이었다.

팀원이 눈치를 보며 다음 가이드 곡을 틀었다.

전주가 끝나기가 무섭게 가이드 보컬의 목소리가 터져 나온다.

"어?"

순간적으로 김기남 본부장과 지아의 눈썹이 올라갔다.

겨우 첫 구절을 뗐을 뿐인데, 사람을 훅 잡아끄는 몰입도다.

'누구지? 귀에 익지 않은 목소린데?'

대다수의 가이드 보컬은 보이스에 매력이나 개성이 없다.

가이드 보컬을 직업으로 하는 사람도 있지만 상당수는 노래를 무척이나 잘하지만 대중에게 어필할 한 가지가 부족해 데뷔를 못하는 경우가 많다.

'가사도 근래 들은 것 중 최고로 서정적이야. 장난 없잖아?'

드디어 성에 찬 곡을 찾은 김기남 본부장이 집중할 때였다.

옆에 자리한 지아도 깜짝 놀랐다.

'앞에 곡들이랑 너무 달라. 가사랑 보컬이 바뀌었을 뿐인데…… 전혀 다른 곡이 되어버렸어.'

새삼 작사의 중요성을 실감했다.

흔히 말하는 죽은 곡을 산 곡으로 바꿀 만큼 생기를 불어넣었다.

'더 놀라운 건 보컬이야. 대체 누구지? 아니, 그보다 왜 익숙한 느낌이 들지?'

여성 파트로 넘어가면서 기계로 음성을 변조하여 불렀다.

또 솔로로 녹음을 한 까닭에 후반 클라이맥스에서 하모니의 임팩트가 생각만큼 강하진 않았다.

그럼에도 불구하고 이 곡의 가치를 평가절하할 수는 없었다. 그러기엔 너무 완성도가 높았다.

'이건…… 내가 그토록 기다렸던 곡이야.'

지아의 가슴이 벅찼다.

그간 아이돌로 활동을 하면서 한 번도 그녀가 하고 싶었던 음악을 하지 못했다.

그놈의 콘셉트가 뭔지…….

이젠 댄스곡이 아니라 자신만의 음악을 하고 싶은 욕심이 들었는데, 그 기준에 부합하는 곡을 우연찮게 찾은 것이다.

"빙고!"

곡이 끝나자마자 김기남 본부장이 손가락을 튕겼다.

"이걸로 가자. 작사 좋네, 가이드 보컬 보이스도 좋고. 이거 누가 작업한 거냐?"

팀원 중 한 명이 대답했다.

"그게…… 아는 형이 드라마 제작사에서 일하는데 신인이라고 소개를 받았어요."

"인맥 좋지. 근데 신인이라고? 이름이 뭔데?"

"대치동 살캥이요."

"……."

"풉!"

침묵하는 김기남 본부장과 달리 지아는 웃음을 참지 못하고 실소를 터뜨렸다.

"너 이런 개그 좋아해?"

"댄스도 아니고, 발라드 작사가가 저런 필명 쓰는 건 처음이라서요. 개성 있네요."

김기남 본부장이 코웃음을 치며 말을 이었다.

"개성은 무슨. 이걸로 가자."

"저, 본부장님."

막 결정을 내리는데 지아가 조심스럽게 말을 끊으며 그를 불렀다.

"왜?"

"이런 말 해도 되려나? 좀 염치가 없긴 한데."

"뭔데? 말해봐."

매사에 자신만만한 지아가 소극적인 태도를 취하자 더 궁금증을 자아냈다.

"이 혜리 음반에 실릴 이 7번 트랙이요. 가제가……."

"그 남자 사정, 그 여자 사정이야."

"네, 이 곡…… 제 싱글 타이틀곡으로 가면 안 될까요?"

"뭐?!"

김기남 본부장뿐만 아니라 팀원들도 깜짝 놀랐다.

신인이라곤 하지만 다른 앨범에 작업 중이던 곡을 교체하는 건 생각 이상으로 문제가 될 소지가 다분한 까닭이다.

"저도 알아요, 이러면 안 되는 거. 근데 처음 듣는 순간 느낌이 왔어요. 이 노래 내 노래다."

"……."

"어려울까요?"

참 난감한 일이다.

TG는 가수의 개성을 최대한 존중한다. 대중의 요구에 반하는 게 아니라면, 최대한 추구하는 음악에 맞춰서 서포트를 하는 구조다.

또 그게 가능하도록 연습생 시절부터 혹독한 트레이닝을 통해 음악적인 기반을 다져 놓는 것이다.

"좀 곤란해. 내일이 녹음이라서 당장 곡 구하기도 쉽지 않고. 그리고 넌 이미 양일상 씨에게 곡 받았잖아. 그 곡은 별로야?"

양일상은 국내 다섯 손가락 안에 드는 발라드 작곡가다.

지아는 이미 그에게서 타이틀 발라드곡 가제 '여정' 을 받았다.

TG 내부에서도 만족을 표할 만큼 곡도 잘 뽑혔기에 기대감도 컸다.

지아가 뜸을 들이다 어렵게 말을 꺼냈다.

"저 안 좋게 들릴 수도 있는데, 말은 꺼내볼게요."

"응, 얘기해 봐."

무슨 말을 하려는지 모르지만 지아가 한참 뜸을 들였다.

"곡을 바꾸면 안 돼요?"

"너 설마……."

지아가 차분하게 말했다.

"제 여정을 혜리 주고, 그 남자 사정, 그 여자 사정을 제가 타이틀곡으로 쓰고 싶어요. 피처링은 이전에 얘기했던 대로 수 오빠가 해주는 쪽으로 하고. 안 될까요?"

"……!"

"혜리나 대표님은 제가 설득을 해볼게요, 네?"

곡의 성공 사례나 완성도로 보면 양일상 작곡가의 곡이 더 훌륭하다. 대중들에게도 더 친숙한 만큼 성공 가능성도 높다.

그런데도 지아는 여정의 포기를 감수하면서까지 그 남자 사정, 그 여자 사정에 집착했다.

'이러면 안 되는데.'

사실 지아도 조심스러울 수밖에 없다.

여하에 따라서 자칫 후배 곡을 뺏는 몰염치한 선배로 비칠 수도 있기 때문이다.

그럼에도 불구하고 그 곡이 순수하게 욕심이 난다.

'느낌이 왔어. 이건 내 노래다 하는 느낌 말이야.'

그 느낌은 확신에 가까웠다.

단순히 본인의 이름으로 발표하는 첫 싱글 앨범이라 갖는 애착과는 좀 달랐다.

지아로 하여금 집착을 하게 만드는 강한 확신.

절대 놓치고 싶지 않은 그 느낌은 가수가 아니면 결코 이해하지 못할 것이다.

"음."

잠시 고민을 하던 김기남 본부장이 생각을 정리하고 입을 열었다.

"내 손에서 결정하긴 좀 어려울 거 같다."

"그러면?"

"야야, 대표님 위에 계시지?"

눈으로 지목을 받은 팀원이 얼른 사내 스케줄을 확인하곤
끄덕였다.

"네, 계십니다."

"혜리는?"

"걔는 아까 트레이닝실에 있는 거 보고 왔어요."

"그래?"

김기남 본부장이 차트와 보고서를 덮어두고 자리에서 일
어섰다.

"마침 다 사내에 있으니, 뭐가 최선일지 논의해 보자."

"네!"

지아가 힘껏 대답했다.

2

군신.

고려시대의 무장 척준경을 주인공으로 내세운 드라마다.

액션과 판타지 로맨스를 혼합한 장르로 첫 방송과 동시에
현란한 연출과 탄탄한 이야기가 입소문을 타며 시청률에 탄
력을 받았다.

1화 8.1%라는 시청률은 4화에 이르러서는 13.9%에 육박했
다.

과거 40% 시청률을 넘기던 시절과 달리 케이블 채널과 종

편 채널에 밀리던 공중파 입장에선 올해 드라마 최고 시청률을 경신할 수 있을 만큼 기대감을 갖는 시청률을 기록했다.

드라마가 화제 몰이가 되는 만큼 대화거리로도 많이 오갔다.

"어제 군신 봤어?"

"헤어지는데 울컥하더라. 그 노래 누가 부른 거야?"

"딱 들으면 몰라? 이범수잖아."

"어쩐지."

드라마의 화제성만큼 OST도 주목을 받게 마련이다. 각본과 연출이 뼈대라면 OST는 드라마를 풍성하게 만드는 비단옷인 까닭이다.

하물며 대한민국 나도 가수다 시즌1 우승자 이범수가 불렀다고 하니 그 감동은 더하면 더하지 부족하지 않을 것이다.

음원차트에도 등장했다.

음원 공개 후 차츰 순위 상승을 거듭하더니 끝내 17위에 군신의 OST '다치지 마'가 랭크되어 있었다.

S&Q 제작사에서는 환호했다.

사람들은 잘 모르나 OST로 거둬들이는 수입은 제법 쏠쏠하다. 만약 드라마가 해외로 수출하게 되어 대박이라도 치는 날에는 천문학적인 돈을 만질 수도 있다.

그게 OST의 가치고, 제작사들이 목을 매는 이유다.

하지만 딱 거기까지다.

대중이 주목하고, 제작사가 환호하며, 가수들이 주목을 받지만 정작 그 곡을 만든 작곡가와 작사가는 그렇지 못하다.

대중은 누구도 그들을 기억하지 못한다.

아니, 기억하려고도 하지 않는다.

가수라는 그늘에 가려진 작곡가와 작사가는 그런 존재들이다.

"형, 이게 뭐예요."

음원사이트에 뜬 곡 소개를 보던 수가 어처구니가 없단 표정을 지었다.

작곡가 : 박가연

작사가 : 대치동 살쾡이

가수 : 이범수

아무리 그래도 진중한 발라드 가수인데 이런 가명을 썼을 거라고는 수는 상상도 못했다.

"왜? 센스 넘치지 않냐? 이거 한 번이라도 본 사람은 못 잊어요."

"애들 장난 같잖아요."

"꼰대. 요새 다 이러거든?"

작사와 관련된 외주 의뢰와 저작권등록 등 자잘한 관련 일을 모두 맡긴 게 실수다.

가명은 매우 중요한 부분인데 그것을 그만 놓치고 말았다.

"다 좋은데, 대치동 살쾡이가 뭐야. 하다못해 호랑이라고 하든지."

"네 이미지를 고려해서 그랬다니까? 넌 얍삽하게 생겨서 딱 살쾡이 상이야."

"욕이죠?"

"눈치챘냐?"

수가 한숨을 푸욱 내쉬었다.

"그럼 이 대치동은 뭔데요? 신사동, 방배동 많은데 왜 하필 대치동이에요?"

"내가 살고 싶은 곳이거든. 하하."

"……."

누굴 탓하리.

사소한 것 하나까지 손수 체크를 하지 못했던 안일함을 자책하는 수다.

싫은 티를 내자 이상민도 따졌다.

"그러길래 내가 본명 쓴다니까, 네가 싫다며?"

"그거야 괜히 실력으로 평가 안 받고 이름값에 기대는 느낌이라 그런 거고요."

"아, 몰라. 이미 다 끝난 일이야."

더는 잔소리 듣기 싫은지 이상민이 애처럼 토라졌다.

따지고 보면 의뢰부터 세세한 곡의 수정 작업까지 모두 도

맡아주는 건 이상민이다. 그가 없었다면 수가 작사에 전념할
수 없었을 것이다.

"저 이제 가볼게요."

"벌써? 밥 안 먹고?"

"잠깐 사무실 들렀다가 지아 씨 보기로 했어요."

수가 언급한 사무실은 스카이 블루 한국 지점이다. 박성인
지점장과 할 말이 있는 까닭에 따로 약속을 잡았다.

"넌 왜 그렇게 매너가 없냐? 지아 씨를 보려면 여기서 보면
되잖아. 꼭 혼자만 독점하려고 그러지. 있는 것들이 더해요."

"……."

수는 대꾸할 가치도 느끼지 못하고 손을 저으며 녹음실을
나섰다.

원성진 4단부터 이상민까지.

왜 죄다 주변에 여자가 없어 수를 힘들게 하는 남자들만 있
는지 곤란할 따름이다.

3

스카이 블루 한국지점은 사무실을 이전했다.

압구정 쪽으로 이전을 했는데, 전과 그 크기엔 차이가 없었
지만 향후 본격적으로 가수나 배우를 계약해 입지를 다지겠
다는 의지에서다.

"책을 내고 싶다고요?"

"네."

박성인 지점장의 눈이 보름달만큼 커졌다.

'예고도 없이 이런 요구를 해온대?'

종잡을 수 없는 남자란 건 알고 있었지만 무턱대고 찾아와 출판을 하고 싶다는 도발적인 수의 행동은 익숙해지기 쉽지 않았다.

"어려울 것까지야 없겠지만…… 갑자기 왜 그런 생각을 하신 거죠?"

박성인 지점장의 입장에선 이 종잡을 수 없는 남자가 왜 이런 요구를 했는지 궁금했다.

"갑자기랄 것까진 없어요. 쭉 생각해 오던 거라서……."

수가 대충 둘러댔지만, 실상은 달랐다.

엄밀히 말하면 그 남자 사정, 그 여자 사정을 작사하면서 그런 생각을 가졌다는 게 옳다.

'하지 못했던 얘길 전하고 싶어.'

작사를 하게 되면서 참 많은 생각을 하게 됐다.

살아생전 진서에게 하지 못했던 말들이 많았다.

죽어서 무슨 소용이 있겠냐만, 지금이라도 전하고 싶다. 그리하여 진서의 납골당 앞에 가져다 놓고 말하고 싶었다.

'축하해, 작가 선생님.'

잠시 턱을 매만지던 박성인 지점장이 물었다.

"진서 씨 일기장이라고 하셨죠?"

"네."

"에세이 형식으로 고치면 가능할 거 같긴 한데, 출판사도 자선사업단체는 아니라서요. 글이 월등히 좋지 않은 이상, 진서 씨 이름으로 출판하려고 들진 않을 거……."

"그 점은 염려 마세요."

"생각해 두신 거라도?"

수가 잠시 차를 음미하곤 차분하게 대답했다.

"공저(共著)로 할 겁니다."

"공저면…… 수 씨도 글을 쓰신다는 얘기에요?"

"네, 써보려고요. 이 일기장에 제 얘기가 많거든요. 또 저도 할 말이 많고……."

테이블 위 일기장을 내려다보는 수의 시선이 짠해졌다.

편지에 답장이 있고, 노래에 답가가 있다. 비록 전할 수 없는 말이 되었지만 뒤늦게나마 진서가 남긴 이 일기장에 답을 하고 싶었다.

"그럼 괜찮은데요? 공저면 수 씨 이름으로 출판되는 거와 마찬가지고, 게릴라 콘서트 방송 이후면 더 파급력이 클 테니까……."

"가능할까요?"

재차 수가 확인하듯이 물었다.

최근 추세는 스타의 이미지 마케팅의 일환으로 출판을 겸

하기도 한다. 대박이 나면 좋은 거고 그렇지 않다고 해도 지적인 이미지를 부여하는 데 좋은 효과가 있기 때문이다.

박성인 지점장이 턱을 매만지며 빠르게 셈을 했다. 책의 판매도 중요하지만 차후에 작용하게 될 득을 계산하는 것이다.

"우선 알겠습니다. 확답을 드리긴 어렵겠지만 그 부분은 제가 따로 전문가들과 미팅을 해서 진행을 해보죠. 근데 의외네요."

"의외요?"

"수 씨가 글까지 쓰시는 재능이 있는 줄 몰랐거든요. 노래 잘해, 바둑 잘 둬, 4개 국어도 모자라 이젠 글까지? 도대체 못하시는 게 뭡니까?"

수는 그저 말없이 웃기만 했다.

'아마 평생 밝힐 수 없겠지.'

죽은 누군가의 재능이 전이된다는 건 아마 죽을 때까지 그만의 비밀이 될 것이다. 믿어주지도 않을 거고, 말을 꺼내봤자 미친놈 취급받기 딱 좋으니까. 그러느니 숨기는 편이 낫다.

"부모님께 효도하려고요."

"네?"

"너무 잘나게 낳아주셔서 감사하다고."

"……"

최근 들어 점점 밉상이 되어가는 수다.

4

박성인 지점장과 담화를 끝낸 수가 모자를 푹 눌러쓰고 사무실을 나섰다.

게릴라 콘서트 이후로 수의 인기는 몰라보게 급상승했다.

이젠 홀로 거리를 걸어 다니거나 지하철을 타고 다니는 건 거의 불가능에 가까웠다.

혼자 다닐 때도 모자를 푹 눌러쓰고 최대한 차로 이동을 한 뒤 대중과 부딪치는 시간을 줄이는 게 최선이었다.

'살기엔 데뷔 전이 더 편했던 거 같아.'

행복한 고민이라 욕할지도 모른다. 그럼에도 불구하고 그때가 조금이나마 그리울 때였다.

빵!

막 건물 밖을 나오는데 귀를 때리는 클랙슨 소리에 인상을 팍 썼다.

"누가 대낮부터 매너 없이……."

절로 짜증이 날 수 밖에 없는 상황에 인상을 팍 쓰고 돌아봤다.

아무리 신사동이라지만 몇억 대의 외제차 포르쉐가 떡하니 버티고 서 있었다.

수가 노려보자 선팅된 창문이 내려가더니 선글라스를 낀

여자가 얼굴을 삐죽 내민다.

"오빠, 타요!"

"지아 씨?"

놀랄 틈도 없이 지아가 차를 앞쪽으로 몰아 와 섰다.

잠시 당황했지만 수는 어서 타라는 제스처에 문을 열고 보조석에 탔다.

수가 눈을 동그랗게 뜨고 물었다.

"여긴 어떻게 알고 왔어요? 약속 장소에서 보기로 한 거 아니에요?"

"그러려고 했는데, 중간에 시간이 비어서 데리러 왔죠. 기름 한 방울 안 나는 나라에서 차 한 대로 움직이면 편하잖아요?"

"말 참 잘해."

말로는 못 이기겠다는 듯이 수가 고개를 저었다.

"그럼 출발할게요."

지아는 피식 웃고는 액셀을 밟았다.

소소한 얘기들을 나누며 서울 외곽에 위치한 고급 레스토랑으로 자리를 옮겼다.

예약제로 이루어지는 이곳은 언론의 이목을 끄는 연예인이나 정치가, 기업가 등 사회의 상류층이 많이 찾는 곳이다.

'뭐가 이렇게 비싸?'

메뉴판을 보는 수의 입이 떡 벌어졌다.

비밀 유지를 해준다는 말은 서민이 보기엔 헉 소리가 절로 날 만큼 음식 가격이 비싸다는 말과 진배없었다.

"제가 사는 거니까 돈 걱정 말고 드세요."

"왜 이걸 지아 씨가 내요? 신세 진 건 오히려 제 쪽인데, 당연히 제가 사야죠."

게릴라 콘서트 때 손발 벗고 나서준 지아의 도움을 생각하면 이 정도는 아무것도 아니다.

"노! 이거 무조건 내가 낼 거예요. 아까 선불로 결제도 하고 왔어요."

"……그런 것도 돼요?"

"그럼요! 그니까 고르기나 해요. 이거 뇌물이니까."

"뇌물이요?"

수가 반문을 했다.

지아는 초승달처럼 휘어진 눈웃음을 치며 손바닥이 보이게 양손을 내밀었다.

"피처링 주세요."

Chapter 7

1

"피처링요?"

반문을 하면서도 수는 피식 웃음이 새어 나왔다.

'내가 신용이 없나? 자꾸 확신을 받으려고 드네.'

이미 해주기로 약속을 했는데도 불구하고 뇌물을 들먹이며 이런 식으로 나오는 지아의 태도가 꽤나 귀여운 까닭이다.

"곡 나온 거예요?"

"딩동댕!"

"부탁하는 거 보니까 그런 거 같더라고요."

지아도 따라 웃었다.

"약속대로 피처링 해주실 거죠?"

"그럼요. 제가 또 한입 갖고 두말하는 스타일은 아니라서."

딱 승낙을 해주는 타이밍에 맞춰 코스 요리가 테이블 위에 놓였다.

가벼운 애피타이저를 즐기며 앨범에 관한 심층적인 얘기로 돌입했다.

"곡은 잘 뽑혔어요?"

"하! 그 부분에 대해선 참 할 말이 많답니다."

"왜요?"

지아가 샐러드를 오물거리면서 사정을 설명했다.

본래는 양일상 작곡가의 곡으로 타이틀을 가기로 했으나, 우연히 신인 가수 혜리의 수록곡 데모를 듣자마자 딱 느낌이 왔다는 것이다.

결국은 TG의 대표 양태석과 상남을 거쳐서 곡의 전면적인 교체를 단행했다고 한다.

"잠깐만. 양일상 작곡가면 사랑과 이별, 후애, 쉬고 싶다 작곡하신 분 아니에요?"

"어, 아시네요? 네, 그분 맞아요."

"……."

수는 일순 할 말을 잃고 말았다. 그만큼 충격적인 까닭이다.

'발라드 히트 제조기 작곡가의 곡을 깐 거잖아?'

놀라운 한편으로 의문이 들기도 했다.

도대체 어떤 곡이기에?

결과가 보장된 양일상의 곡을 거절한 것도 모자라 후배의 수록곡과 곡을 교환하는 일은 지탄을 받을 만큼 오해를 불러일으킬 수도 있는 일이다.

그러한 위험부담을 감수할 만큼 지아가 꽂힌 곡이 뭔지 몹시 궁금했다.

"딱 듣는 순간 느낌이 오더라고요. 아! 이건 내 노래다. 내가 불러야 한다."

"그 느낌 저도 알죠."

수도 가수다.

김강진의 노트에 끼적여 있던 미완성의 곡 미련한 사랑을 완성시키면서 비슷한 인상을 받았다.

"그 곡 궁금하네요. 어떤 점이 지아 씨를 이리 단단히 홀렸는지."

"굳이 하나를 고르자면 가사?"

"가사요?"

"한 구절, 한 구절이 가슴에 와 닿는 거 있죠. 그래, 헤어지는 게 다가 아냐. 이 느낌이지. 그때 딱 알았죠. 이건 내 감성이다. 내가 불러야 한다."

절대 누구에게도 양보할 수도 없는 나만의 곡이라는 느낌.

그것은 가수가 아니면 죽었다 깨어나도 결코 이해할 수가 없을 것이다.

"저도 들어보고 싶네요."

"그 말을 기다렸습니다."

의미심장한 미소를 지은 지아가 메고 온 명품 가방에서 MP3를 꺼냈다.

"들어보세요. 가이드 곡이에요."

"이거 들으면…… 나 빼도 박도 못하고 피처링해야 하는 거죠?"

"빙고."

"안 들을래요."

수가 MP3를 밀어내는 시늉을 하며 장난을 치자 지아가 눈을 흘겼다.

"못됐어."

"농담입니다, 농담."

MP3에 감겨진 이어폰을 풀어서 양쪽 귀에 꽂았다.

전원을 켜고 곡을 찾아 재생을 기다리는 동안 수는 설레었다.

'지아 씨를 푹 빠지게 만든 곡이라 그런지 더 기대되는데?'

국보소녀의 실질적인 에이스이자 리더 수영과 더불어 메인 보컬을 맡고 있는 지아의 감성이 무얼지 수는 자못궁금해졌다.

띠~ 띠이이~ 띠!

잠시 후, 첫 반주가 흘러나왔다.

절로 숙연해지게 만드는 구슬픈 하모니카 연주였다.

"⋯⋯!"

첫 소절을 듣자마자 수의 귀가 뜨였다. 덩달아 보름달만큼 눈도 커졌다.

"맙소사."

한 음절에 불과했지만 수백, 수천 번 들어본 멜로디인 까닭이다.

"왜 그래요?"

수의 반응을 주시하던 지아가 묻자 수가 아무것도 아니라는 듯이 손을 저었다.

"아, 아무것도 아니에요. 그냥 곡이 너무 좋아서."

"더 들어보세요."

대충 둘러대면서도 수의 놀란 가슴은 좀처럼 진정이 되지 않았다.

하모니카 전주가 끝나고 이어지는 가이드 가수의 목소리를 듣는 순간 확신했다.

'내가 작사하고 가이드 녹음까지 한 그 남자 사정, 그 여자 사정이 맞아.'

놀랍기도 하지만 새삼 세상이 참 좁다고 느껴졌다.

헤아릴 수도 없이 많은 곡 중에서 하필이면 수가 의뢰를 받아 작사를 한 곡이 국보소녀 지아의 간택을 받을 확률은 얼마나 될까?

더 나아가서 지아가 그 곡을 듣고 수에게 와서 듀엣을 청할 가능성까지 보면 더욱 그러하다.

"발성이나 톤이 오빠랑 비슷하지 않아요? 처음 듣는 가이드 보컬인데 음색이 되게 좋더라고요."

"그, 그래요?"

지아는 당사자를 앞에 두고도 수가 가이드 보컬임을 알아채지 못했다.

당시 가이드 녹음을 하던 수가 의도적으로 목소리를 살짝 변조한 까닭이다.

'내가 작사하고, 가이드 녹음을 했다고 얘기하면 많이 놀라겠지?'

솔직하게 털어놓을까?

굳이 감출 만한 일도 아니니까.

'귀찮아.'

반대로 생각하면 굳이 솔직하게 말할 이유도 없지 않은 일이다.

'지금이 딱 좋은 관계야. 더 친해져도 곤란해.'

수는 지금처럼 지아와 좋은 오빠 동생으로 지내고 싶었다. 괜히 밝혀지지 않은 비밀을 공유하며 여지를 주고 싶지 않았다.

"후렴 부분은 더 대단해요. 1인 2역으로 부른 거 같은데…… 와! 이런 쿠세 없는 보컬은 오빠 이후로 진짜 간만에 보는 거 같아요."

"뭐? 쿠세?"

"아! 나쁜 버릇요. 그냥 업계에서 쓰는 비속어쯤? 어때요, 잘 부르죠?"

난감해하던 수가 뭔가 결심을 한 듯 고개를 끄덕이며 긍정을 표했다.

"잘 부르네요."

자화자찬.

그러나 그건 시작에 불과했다.

"톤으로 볼 땐 나이도 어린 거 같은데 감성이 깊어요. 후렴 부분 기교도 화려하고. 특히 1인 2역으로 부른 여자 파트…… 혹 잡아당기는데?"

"그죠?"

"가사도 좋아요. 진실되다고 할까? 남녀의 말 못할 감정이 애틋하게 느껴져서 아파요."

"역시. 뭘 좀 아신다니까."

"내가 또 거짓말은 못 하는 타입이라서. 하하."

수는 마치 남 얘기 하듯이 아주 뻔뻔하게 가이드 보컬과 작사가를 칭찬했다.

처음 몇 마디 할 때는 익숙하지 않은 금칠에 손발이 오그라들었지만 하다 보니 또 나름대로의 희열이 느껴졌다.

'그렇다고 별로라고 까기엔 좀 웃기잖아?'

다른 것도 아니고 본인이 부르고, 쓴 곡이다. 또 그걸 못한다고 폄하하기엔 웃긴 게 사실이다.

"솔직히 이 노래 딱 첨 듣는데, 오빠 생각이 가장 먼저 났어요."

"제 생각이요?"

"오빠가 남자 파트를 맡아주면 대박이겠다."

"아, 그럼 꼭 대박으로 해줘야겠네."

자신만만한 수의 표정을 보며 지아도 본심을 숨긴 채 따라 웃었다.

타이틀곡을 바꾼 이유는 곡이 좋았기 때문이다.

그러나 그게 다는 아니다.

딱 처음 가이드 데모 곡을 듣는 순간 수가 떠올랐다.

'수 오빠가 부르면 근사할 거 같아.'

돌이켜 보면 수와 함께 무대에 오르고 싶은 욕심도 곡을 고를 때 적잖은 영향을 미쳤던 것 같다.

'쏵사랑 참 힘드네.'

좋아하지 않는 척, 아무렇지 않은 척 구는 게 너무 고달팠다. 차라리 무작정 들이댈 때가 마음이 편했지 좋은 오빠와 동생을 가장하는 일은 그녀의 마음을 바싹바싹 타들어가게 만들었다.

지아는 차마 꺼낼 수 없는 말을 눈으로나마 전했다.

식사와 대화를 끝낸 두 사람이 레스토랑을 나섰다.

"앗! 생각보다 너무 늦었네요. 나 라디오 스케줄 있는데."

"진짜요? 서둘러 가야겠다."

"힝! 마음 같아선 드라이브라도 하고 싶었는데. 나 펑크 낼까요?"

"됐거든요."

지아의 애교를 단숨에 거절해 버린 수가 쌩하니 보조석에 탔다.

"매정한 남자. 홍!"

토라진 듯 고개를 획 돌려 버린 지아도 운전석에 타 액셀을 밟았다.

부우웅!

포르쉐가 튕겨져 나갔다.

2

같은 시각.

찰칵! 찰칵!

고급 레스토랑 주차장을 빠져나가는 포르쉐를 앵글에 담은 카메라의 셔터가 연속적으로 눌린다.

큰 느티나무가 인상적인 모퉁이를 돌아 시야 밖으로 사라지자 파파라치는 만족스럽게 조금 전에 찍은 사진들을 확인했다.

거기엔 다정한 연인처럼 대화를 나누며 레스토랑을 나오는 수와 지아 두 사람의 사진 수십여 장이 여실 없이 찍혀 있었다.

3

서재 겸 작업실.

수는 그곳에서 벽산건설 진인수 감독과 전화 통화를 나누고 있었다.

"그래요? 네, 알겠습니다. 감독님도 들어가세요."

통화 내용을 요약하자면 다음 3라운드 출전 선발 명단에서 수를 제외하겠다는 것이 주요 골자다.

"감독님 배려 덕분에 기왕전 4강에 좀 더 집중할 수 있겠어."

일정상 겹치는 걸 감안한 진인수 감독이 한국바둑리그 선발에서 수를 제외하고 기왕전에 집중할 수 있도록 배려한 것이다.

"위빈 9단의 기보를 좀 더 연구하자."

4강전에서 맞붙게 될 상대는 중국의 위빈 9단이다.

중국의 전통 강호로 탄탄한 실리 바둑이 인상적인 기풍의 세계 정상급 기사다.

"준고는 조한성 9단과 붙는 건가?"

조한성 9단은 원성진 4단과 더불어서 국내외에서 손꼽히는 정상급 기사다. 기복이 적고 유연한 바둑을 구사하는 까닭에 원성진 4단과 비교해도 성적 면에서는 더 낫다.

"네가 이길지는 모르겠지만 만약 조한성 9단을 꺾고 온다면……."

조한성 9단이 지길 바라는 건 아니지만, 바둑은 한 치 앞도 모른다.

우승 후보로 여겨지던 원성진 4단과 천예오예 3단이 연달아 노마크의 무명 준고에게 패배하는 것은 전문가들도 전혀 예상하지 못했던 일이다.

수의 눈빛이 살벌해졌다.

"내가 밟아주마."

늘 이기기 위해 대국에 임했지만 이번처럼 승리가 간절하긴 또 처음이다. 그만큼 준고를 향한 악감정이 쌓인 까닭이다.

수는 잠시 개인적인 감정을 밀어두고 복기에 임했다.

지피지기면 백전백승.

무작정 승리를 갈망하기 이전에 준고에 대한 철저한 분석이 필요했다.

탁!

텅 빈 바둑판 위에 흑돌이 놓였다.

원성진 4단과 준고의 LIG배 기왕전 8강전 책자를 펼쳐 놓고 차분하게 복기하는 수의 눈길은 신중하기 그지없다.

"고요하리만치 차분한 바둑을 두고 있어."

포석 단계를 마칠 무렵 수가 판단한 준고의 기풍이다.

과하지 않으면서 부족하지도 않다.

딱히 발이 빠르지는 않지만 큰 곳을 내어주지 않는다.

굉장히 평범한 것 같지만 틈을 주지 않는 포석을 구사한다.

"중반에도 기복이 없는 기풍을 이어가고 있어. 선배가 몰아치고 있긴 한데…… 단단하고 고요해. 마치 태산 같아."

준고의 인성은 최악이다.

그러나 바둑만큼은 인정하지 않을 수가 없었다.

원성진 4단의 바둑의 기풍은 흡사 불이다.

활활 타들어갈 때까지 몰아치고 불이 붙는 순간 걷잡을 수 없는 더 큰 불길로 번진다.

그에 비해 준고는 산이다.

그것도 돌로 이루어진 바위산.

불길이 덮쳐도 탈 나무가 없다.

단단한 천년거암민이 말뚝을 박은 채 불길이 사그라지길 기다린다.

"다 끝나고 움직였어. 선배가 아무런 소득을 못 보고 약점을 노출한 그 시점을 노려서."

무서운 바둑이다.

철저하게 이기기 위한 바둑을 구사하고 있었다. 흡사 수성이야말로 최고의 공격이란 걸 말하고 있는 듯한 바둑이다.

"여기서 맥점을 잡힌 게 커. 이건…… 나라도 눈 뜨고 당했을 거야."

준고는 강하다.

한 수를 둘 때마다 마주하는 선택의 순간에서 준고는 결단코 손해를 보지 않는 수를 둔다. 사람이 두기에 기풍이나 성향, 기질의 영향을 받게 마련인데 전혀 그렇지 않다.

그 강함은 인정하지 않을 수가 없었다.

그래서 원성진 4단도 당했다.

허무하리만치 일거에 무너지고 말았다.

준고는 철저하게 그 순간에 얻을 수 있는 득과 실을 따져서 최고의 착수를 추구한다.

이런 바둑이라면…….

지리란 생각이 전혀 들지 않는 바둑이다.

"세상에 완벽한 바둑은 없어."

수는 강하게 부정했다.

준고의 강함은 인정하지만, 절대적이진 않다.

어느 상황에서도 최고의 수를 뽑아내려면 대국자가 최고가 되어야 한다.

"입신이 아니면 불가능해."

문제는 그 다음에 발생했다.

좀 더 냉정하게 접근하자 겹치는 게 한두 가지가 아니다.

"의외로 나랑 생각이 일치하는 수가 많아. 여기선 나도 마찬가지로 이렇게 받아쳤을 거야. 형세를 읽는 눈이 비슷해."

객관적으로 분석을 하다 보니 예상외의 공통점도 있었다.

준고가 둔 수 중에서 상당수가 수의 생각과 정확히 일치했다.

그 말은 달리 해석하면 수와 기풍이 같거나, 비슷한 수준의 수읽기를 지녔다는 의미기도 했다.

"아냐. 비슷하게 보이지만 결정적으로 다른 게 하나 있어."

차근차근 준고가 둔 수순을 되짚어보던 수가 차이점을 발견했다.

"이 수."

수가 지목한 돌은 원성진 4단이 착점한 수다.

연이은 전투에도 득을 보지 못한 원성진 4단이 조바심을 느끼고 띠운 승부수다.

중요한 건 그 다음이다.

탁!

연이어 놓이는 준고의 티계가 빛났다.

현란한 원성진 4단의 수읽기에서 밀리지 않고 도리어 역공을 가해 큰 실리를 챙기는 데 성공한다.

결국 여기서 벌어진 격차를 좁히지 못한 원성진 4단은 불계를 선언했다.

"나라면 여기서 끊었어."

탁!

돌을 놓아두고 바둑판을 응시하는 수의 눈이 차분하게 가라앉았다.

자칫 무모해 보이는 수일지도 모른다.

뒤이어 불어 닥칠 여파를 알기에 원성진 4단도 차마 시도하지 못했다.

그러나 수라면 과감히 그곳에 뒀을 것이다.

확신이 있어서?

아니다.

끊는 순간 발생하는 수읽기는 너무 복잡해서 수 혼자 모두 파악하기에 버겁다.

그런데도 불구하고 수는 여기서 끊었을 것이다.

참 설명하기 어려운 그 이유에 대해 수는 단 한마디로 정의했다.

"바둑은 사람이 두는 거야. 컴퓨터가 아니라고."

컴퓨터 바둑.

다름 아닌 준고의 바둑을 뜻한다.

물 샐 틈도 없을 만큼 치밀하고 아귀가 딱 맞아떨어지는 완벽한 바둑을 둔다는 의미다.

완벽.

수는 이 무결한 단어에서 맹점을 찾았다.

준고에게 없으나, 수에게는 있는 단 하나의 차이점이다.

"승부사의 촉."

판을 걸고 딜을 할 줄 아는 승부사의 기질.

승부를 가르는 열쇠가 될 것이다.

4

스카이 블루 한국지점.

늘 사무실을 오가던 이가 아닌 낯선 얼굴이 그곳을 찾았다.

신우미디어 강형일 실장.

대형 출판사는 아니나 최근 연예인 자서전이나 자기 계발서를 출간해서 쏠쏠하게 재미를 보고 있는 신흥 출판사다.

박성인 지점장을 통해서 수의 출판 제안을 받은 그는 한달음에 달려왔다.

"오, 이게 그 일기장이군요."

"천천히 보시죠."

테이블 위에 놓인 진서의 일기장을 집더니 읽어 내려갔다.

꽤나 진솔하고 깊은 감정의 얘기이거늘 그는 눈동자를 굴리며 빠르게 페이지를 넘겼다. 제대로 읽는 게 맞는가 싶을 정도로 건성이다.

"어린 친구가 글 솜씨가 뛰어나네요."

'제대로 읽은 거 맞아?'

너무도 빨리 읽자 수는 의구심을 품었다.

단순한 소설이 아니다.

죽음을 목전에 둔 소녀의 일기장이다.

그 깊은 감정은 문장을 곱씹으며 돌아보지 않는 이상 쉽게 이해하기 버겁다.

"여기에 수 씨가 답글을 다는 형식이란 거죠?"

"네."

"좋네요. 서로 대화를 하듯이 쓴다. 굉장히 독특해 보입니다. 신선해요."

"그래요?"

강형일 실장이 환히 웃으며 고개를 끄덕였다.

"아무래도 수 씨의 이미지가 좋으니 느낌이 더 살 겁니다. 거기다 오진서 씨? 그분도 이미 게릴라 콘서트로 전파를 타면서 안타까운 사연이 전해졌으니 대중에게 쉽게 다가갈 수 있을 거고요."

'내 이미지? 글이 아니라?'

수 입장에선 기분이 썩 좋지 않았다.

글이 우선시되는 게 아니라 연예인 수가 우선순위가 되는 느낌이 강하게 들었다.

'일단은 좀 더 들어보자.'

수는 최대한 말을 아꼈다.

박성인 지점장과 강형일 실장의 이야기는 의외로 진척이 빨랐다.

출판 역시 이윤을 노리는 사업인 만큼 상업성을 배제하고 접근할 수는 없었다.

결국 관건은 판매 부수인데, 최근 가파른 상승세를 보이고 있는 수의 인기를 고려하면 출판사 입장에선 마다할 이유가 없었다.

'그래 봤자 실판매 2천 부나 될지 미지수군.'

서점에서 2천 부면 적은 판매 부수는 아니다.

하지만 출판사에 큰 이득을 안겨주는 판매는 결코 아니다.

여러 가지 요소를 고려하면 손해가 날 가능성도 배제할 수 없다.

그럼에도 불구하고 강형일 실장이 출판을 하려는 이유는 따로 있었다.

'국내 출판이야 손해 보더라도 상관없어. 내가 노리는 건 중국 시장이야.'

스카이 블루 지점을 찾기 전 강형일 실장은 빠짐없이 알아봤다.

수가 한국과는 비교가 되지 않을 만큼 중국에서 인기가 드높다는 사실이 결정적이었다. 게릴라 콘서트의 중국 방영을 시기적으로 잘 맞춰서 마케팅을 한다면 생각하던 것 이상의 대박이 날 수 있을 거라는 계산이 선 것이다.

'오냐, 돈 벌어다 주는 황금 오리인데, 글이 개판이면 어때? 내주고 난 돈 벌면 되지.'

서로 원하는 게 맞아떨어지자 대화는 막힘없이 진행됐다.

주로 박성인 지점장과 강형일 실장이 향후의 마케팅, 판매 방식, 저작권 기간, 인세 등을 놓고 조율을 하는 과정이었다.

어느 정도 진척이 되자 테이블에 계약서가 떡하니 놓였다.

"여기에 도장을 찍으시면 됩니다."

"잠시만요."

수가 손을 들어 저지했다.

빨라도 너무 빠르다는 느낌이 들었다.

"왜 그러시는지? 아! 따로 원하시는 게 있으시나요?"

"그게 아니라…… 명색이 출판 계약인데 한 번도 글에 대한 언급을 하지 않으시더군요."

"네? 그거야 여기 계신 이수 씨가 어련히 알아서 잘 써주실 걸 아니까 그런 거죠."

강형일 실장이 실실거리면서 둘러댔다.

따지고 보면 수는 신인이다.

세상 어느 출판사도 신인의 글을 보지조차 않고 이름값만 으로 계약을 진행하는 곳은 없다.

'나를 돈으로 보고 있어.'

돈 냄새를 맡고 수의 이름이 적힌 이 계약서에 도장을 받고 싶어 하는 하이에나로밖에 보이지 않는다.

수가 선뜻 도장을 찍지 않자 강형일 실장이 듣기 좋은 말로 비위를 맞추려고 들었다.

"글은 걱정하지 마세요. 부족한 점이 있다면 채우면 되는 겁니다. 그런 면에서 볼 때 최고의 편집자가 저희 출판사에 있죠."

"……."

"또 리라이트(Rewrite)를 위해 섀도우 작가도 붙여서 가니까 염려 마십시오."

"섀도우 작가?"

강형일 실장이 차분하게 설명했다.

"아! 생소하시겠네. 아시는지 모르겠지만, 연예인 자서전이 출간된다고 해서 다 연예인이 쓰지 않아요. 전문적으로 글쓰기를 하는 사람들이 대신 써주는 거죠."

"그건 대필 아닌가요?"

"아뇨. 뼈대를 주시면 프로의 글쓰기로 살을 붙이는 개념이라고 보시면 돼요. 글이야 여기 앞에 계신 수 씨 같은 작가님들이 쓰시는 거고요. 하하."

"……."

아 다르고 어 다를 뿐, 같은 맥락이 아닌가?

즉, 수의 이름만 내세울 뿐 실질적으로 글을 쓰는 건 섀도우 작가란 말과 진배없다.

'이건 아니야.'

대화를 지속할수록 수의 불신이 깊어졌다.

과시용으로 연예인 수의 이름에 의지하여 출판을 하고자

한 게 아니다.

진서의 못 이룬 꿈을 이뤄주고, 전하지 못했던 말들을 뒤늦게나마 글로 남겨주고 싶은 작은 욕심에서 시작한 일이다.

'이런 식의 출판을 바란 게 아니야.'

수는 순서가 잘못된 걸 느꼈다.

글 쓰는 데 있어서는 햇병아리나 다름없으니 부족한 부분을 출판사와 얘기를 하며 채우고 싶었다.

그런데 섀도우 작가를 붙이다니. 대필 작가를 써서 수의 이름만 파는 것과 뭐가 다를까 싶었다.

"죄송한데, 계약은 차후에 했으면 하네요."

"네?"

강형일 실장이 당황했다.

"어디 마음에 안 드시는 부분이라도 있으신 겁니까? 그렇다면 따로 조율을……."

"순서가 잘못된 거 같아서요."

"순서요?"

"네, 일단 글을 써서 먼저 보여 드리는 게 순서인 거 같습니다. 죄송합니다."

계약 결렬이다.

Chapter 8

서울 종로에 위치한 5성급 호텔.

LIG 계열사에서 운영하는 이곳의 로비가 이른 시간부터 북적거렸다.

그도 그럴 것이 LIG배 기왕전 4강전이 바로 오늘 치러지는 까닭이다.

"꼭 한번 붙어보고 싶은 상대였어요. 늘 동경해 왔다고 할까요?"

주최 측에서 마련한 인터뷰에서 준고는 상대 조한성 9단을 한껏 띄워줬다.

'많이 주목받으라고. 넌 엑스트라니까.'

하지만 띄워주는 건 겉만이었다. 준고는 내심 조한성 9단을 비웃고 있었다.

상대가 한국의 랭킹 1위 조한성 9단이었지만, 전혀 개의치 않았다.

프로 바둑기사가 되지 않았다면 하버드를 수석으로 졸업하고도 남을 정도로 뛰어난 머리다.

올해 첫 세계기전에 이름을 내걸고 출전했지만 우승을 따낼 거라는 데는 추호의 의심도 없었다.

조한성 9단은 수년간 세계 정상급 기사로 군림했던 만큼 노련하게 맞받아쳤다.

"저야말로 기대가 됩니다. 도전을 받는다는 건 즐거운 일이니까요."

'건방져.'

준고가 어금니를 으득 깨물었지만 표정에 변화는 없다. 언제나와 마찬가지로 예의 바르고 어수룩해 보이는 미소를 머금고 있다.

"여기까지 하겠습니다. 4강전 제2경기 이수 초단과 위빈 9단을 모시겠습니다."

사회 겸 통역을 맡은 진행자의 소개에 맞춰서 깔끔한 정장 차림의 수와 위빈 9단이 단상 위로 올라왔다.

"……."

동시에 무대를 내려가는 준고와 수의 시선이 정면으로 부덮쳤다.

'눈빛 참 살벌하기도 해라. 결승에 올 실력은 되려나?'

'기다려.'

찰나의 순간에 주고받은 시선이었지만 서로를 향한 악감정을 확인하는 데는 충분한 시간이었다.

수와 위빈 9단이 단상에 자리를 잡자 기자들의 질문이 이어졌다.

대부분이 형식적이고 틀에 박힌 질문들이었다. 상대인 위빈 9단에 대해서 어떻게 생각하느냐, 세계기전 4강에 진출한 소감이나 각오는 어떠냐 같은 상투적인 것들이 전부였다.

"마지막 질문입니다. 원성진 4단이 지난 8강전 패배 직후 이런 인터뷰를 했는데요. 비록 자기는 졌지만, 기왕전의 최종 우승자는 수 씨가 될 거라고 했습니다."

"선배가 그런 말을 했었나요?"

"어떻습니까? 그 말대로 우승을 차지할 수 있을 거라고 봅니까?"

수는 잠시 샹들리에가 인상적인 천장을 올려다봤다.

생각을 정리하고 다시 질문을 던진 기자에게 눈을 맞췄다.

"제가 우승하지 못한 거란 생각을 해본 적이 없네요. 자신이 없다면……."

수가 턱을 까닥거리며 지금 앉아 있는 단상을 가리켰다.

"애초에 출전하지 않았을 겁니다."

"과연!"

"화끈한 우승 선언이군요!"

모처럼 지루하지 않은 수의 답변에 기자들도 활력을 얻었다. 조금이나마 자극적인 멘트가 향후 기사로 쓰기에도 더 적합한 까닭이다.

인터뷰를 끝내고 대기실에서 삼십 분간 휴식을 가졌다.

의자에 등을 기대고 앉아 명상을 했다. 집중력을 한껏 끌어올려 정신의 날을 바싹 세웠다.

"이기러 가볼까?"

자신만만한 혼잣말을 가슴에 품고 대국장에 들어섰다.

준결승이 치러지는 대국장은 이전 대국실과는 분위기부터 사뭇 달랐다.

작지만 사소한 것에서부터 차이가 났다.

고가임이 짐작되는 바둑판을 끼고 최고급 소파가 마주 놓여 있다. 또 천장에 소형카메라를 설치해 대국자의 집중력에 해가 가지 않게 신경을 썼다. 방석부터 시작해 종류별로 마련된 음료까지 모두 신경 쓴 티가 역력했다.

털썩.

수와 위빈 9단이 동시에 자리에 앉았다.

약속이라도 한 듯이 두 사람이 눈을 감았다.

심호흡을 하며 대국장의 분위기를 익혔다. 적응을 통해 집중력을 최대한 끌어내기 위해서다.

그때 작년에 입단한 여류기사 강예원 초단이 계시원의 자격으로 입실했다.

세계기전의 경우 프로기사들이 계시원으로 참여하는 건 일종의 전통이기 때문이다.

'이 사람이 수 초단.'

강예원 초단의 시선은 수에게서 떨어지지 않았다.

동종업계에서 종사하는 프로 바둑기사이기 이전에 슈퍼스타Z에 출연하며 가수로 더 대중적으로 알려져 있는 까닭에 관심이 갔다.

'가까이서 보니 더 세련되게 생겼네?'

본능적으로 외모를 뜯어본 다음은 납득할 수 없을 만큼 강한 기억을 떠올린다.

'앗! 내 정신 좀 봐. 이건 단을 떠나서 가까이서 배울 수 있는 좋은 기회라고. 하나도 빠짐없이 눈에 담자.'

그 와중에 모든 준비가 끝났다.

주최 측의 신호가 떨어지자 강예원 초단이 다물고 있던 입술을 열었다.

"대국을 시작합니다."

2

한국기원 검토실.

프로 바둑기사 중 상당수가 실시간으로 방송되는 기왕전 4강전 대국을 바둑판 위에 복기하며 검토했다.

"여기서 귀를 먼저 차지하는 건 어땠을까요?"

"백이 너무 두터워지는 거 같은데. 이득을 보지 않으면 뒤집기 힘들 거야."

저마다 다른 수읽기를 제시하며 의견을 개진할 때였다.

수와 위빈 9단의 대국을 보던 프로기사 한 명이 탄성을 질렀다.

"어? 이거 너무 깊게 삭감 들어간 거 아니에요?"

두터움을 착실하게 쌓아둔 위빈 9단의 세력권에 백돌 하나가 덩그러니 내동댕이쳐진 기분이 들 만큼 깊숙이 침입했다.

"죽을 거 같진 않지만…… 심하게 괴롭힘을 당할 거 같은데?"

"굳이 여기까지 들어갈 필요가 있을까요? 적당히 삭감을 해도 충분할 거 같은데."

"잘하면 패착이 될 수도 있겠습니다."

다른 프로 바둑기사들 사이에서도 좋지 않다는 의견이 뒤따랐다.

당사자인 위빈 9단이 느끼는 감정도 크게 다르지 않았다.

그가 마치 이때를 기다렸다는 듯 백 한 점을 에워싸고 공격을 가하기 시작할 때였다.

탁!

수가 손을 떼고 삭감을 감행한 곳과 조금 떨어진 하변의 흑한 점을 건너 붙였다.

"어? 손을 떼?"

프로 바둑기사는 상대의 약점이 있다고 해도 절대 쉽게 건드리지 않는다.

맛.

그들만의 은어다.

맛을 남겨둔다는 말로 차후에 판의 흐름에 따라서 이용할 여지를 남겨두는 것이다.

"지금 두기엔 너무 아쉬운 자리인데."

"그러게요. 손해 본 거 같아요."

응수를 물어보는 건 좋으나 조금은 섣부르지 않았나 하는 전망이 이어졌다.

탁! 탁! 탁!

백과 흑의 치열한 공방이 이어졌다.

흑을 공격을, 백은 살아남기 위한 투쟁이다.

하물며 싸움 바둑에 일가건이 있는 위빈 9단이다.

안 그래도 두터운 흑의 세력권에서 쏟아지는 맹공을 백이 버티기란 쉽지 않았다.

"안 좋은데요."

"살아도 너무 괴롭힘을 당해서…… 흑의 집이 너무 불어났어요."

"역시, 아까 그 삭감이 너무 깊었어."

프로기사들이 동감한다는 듯이 고개를 끄덕였다.

패착.

대국을 패배로 이끈 결정적인 한 수로 굳어지는 분위기다.

"어? 어!"

"여기서 반발해?"

생각지도 못한 수로 수가 응수했다. 당연히 받아줘야 할 자리를 젖혀간 것이다.

모니터의 위빈 9단의 눈빛이 신중해졌다.

그는 여기서 무려 십 분이 넘는 수읽기를 할애했다.

아무런 수도 나지 않는다.

확신을 가진 그가 백의 반발에 더 강하게 응징을 가했다.

"아무래도 틀린 거 같은…… 자, 잠깐만요."

비관적인 얘기를 늘어놓던 한 프로기사의 눈이 번쩍 뜨였다.

"왜 그러지?"

"여기서 백이 이런 식으로 두면 어쩌죠? 흑이 받아줄 때, 아까 맞으로 교환을 해뒀던 이 두 점을 움직이게 되면?"

"……!"

지금까지 심드렁하던 다른 기사들이 자세를 다시 고쳐 잡았다.

저마다 바둑판에 상체를 가까이 붙이고선 턱을 매만지거

나 허벅지를 톡톡 두드리며 수읽기를 하는 데 여념이 없었다.

그 결과 수읽기를 끝낸 프로기사들이 차례대로 경악했다.

"마, 맙소사. 수가 났어."

"악수로 여겨졌던 이 교환 때문이야."

"설마 여기까지 수를 읽었다는 소리야?"

놀람이 탄성으로 이어지는 데는 그리 긴 시간이 걸리지 않았다.

그리고 찾아온 정적.

꿀꺽.

누군가가 마른침을 삼키는 소리가 크게 들렸다.

여기 있던 어느 누구도 생각하지 못했던 신수(新手)다.

그것을 실전에서 자유자재로 구사하는 수의 배짱과 실력에 소름이 쫙 끼친다.

'나와 경쟁해야 할 기사.'

'내가 둔다면 이길 수 있을까?'

장담할 수가 없다.

아니, 자신 없다는 표현이 더 옳다.

프로기사들은 약속이라도 한 듯이 모니터에서 눈을 떼지 못한다.

한 수라도 더 보고 배우고자 한다. 벌어진 격차를 조금이라도 더 좁히기 위해서 말이다.

3

서울 근교의 오피스텔.

웬만한 직장인은 엄두도 내지 못할 고급 대리석으로 치장된 거실 소파에 한 남자가 누워 있었다.

정오부터 오징어를 질겅질겅 씹으며 맥주를 음미하는 추리닝 차림의 사내는 원성진 4단이었다.

"그렇지!"

기왕전 바둑 중계를 시청하던 원성진 4단이 벌떡 일어났다.

"그거지. 아까 그 교환할 때부터 난 눈치챘었다고."

손에 쥐고 있던 맥주가 넘쳐서 바닥을 흥건히 적셨지만 개의치 않았다.

"어중이떠중이들은 엄두도 못 냈을걸? 나나 되니까 네 수 읽기에 필적하지."

마치 원성진 4단은 이렇게 말하고 있었다.

네 수를 이해하는 건 나뿐이다, 고로 너에게 맞설 수 있는 건 나뿐이다, 라고.

그 기분도 잠시, 현재 자신의 처지를 상기하고선 다시 소파에 앉았다.

"너랑 내가 결승해서 붙었어야 했는데. 미안하다, 약속 못 지켜서."

아쉬움 가득 넘치는 말로 맥주를 벌컥벌컥 들이켰다.

올해만 벌써 한국바둑리그에서 1패, 기왕전 4강에서 1패를 기록하며 공식전 2패를 기록 중이다.

바둑기사의 인생에도 기세란 게 있게 마련이고, 파도와 같아 올라가고 내려가길 반복한다.

탄탄대로나 다름없던 그의 바둑 인생에 처음으로 닥친 내리막이다 보니 마음을 잡기가 여간 쉽지가 않았다.

그러나 원성진 4단은 좌절하지 않았다.

애니, 애초에 좌절이란 단어가 어울리는 사내는 아니었다.

"쳇! 최초의 9단 승단이 물 건너가네."

올해 개정된 한국기원 규정으로 세계기전 우승과 동시에 9단으로 승단이 가능하다. 내심 그도 최초라는 타이틀을 욕심냈었는데, 안타깝게도 그 기회를 잃고 말았다.

"어차피 내가 못 할 거면…… 최초의 9단 승단, 네가 해먹어라."

4

'역시 쉽지 않아.'

수는 승기를 잡았다고 생각했다.

삭감을 성공적으로 감행한 덕에 실리적으로 우위를 점할 수 있었기 때문이다.

'무섭게 따라붙었어.'

위빈 9단의 뒷심은 소름이 끼칠 정도였다.

뒤가 없는 전투를 벌이며 끈질기게 격차를 좁히려고 들었다.

이 정도 격차가 벌어지면 보통 초조해지게 마련인데 그는 오히려 성이 난 물소마냥 더 거칠고 난폭하게 날뛰었다.

수가 힐끗 위빈 9단의 안색을 살폈다.

고요한 표정 너머로 꺼지지 않는 불길의 열감이 전해지는 기분이다.

'수많은 승부를 뒤집었던 기사의 맹렬함이 느껴져.'

새삼 세계를 노리는 기사들의 한 방이 지니는 무게를 실감했다.

천예오예 3단이나 원성진 4단, 조한성 9단도 그렇지만 이들이 무서운 이유는 궁지에 몰리는 순간 더 매섭게 돌변한다는 것이다.

'이들의 공통점은 승부수를 던질 줄 안다는 거야. 야수성을 지녔어.'

무모함과 또 다른 성질의 한 방.

다 죽어가는 와중에도 상대의 목덜미를 노리는 집념.

길들여지지 않는 야수성이 얼마나 짙느냐, 또 반대 입장에서는 상대의 야수성을 어떻게 길들일 줄 아느냐에 따라 승패가 갈린다.

'방법은 하나. 상대의 야수성을 잠재운다.'

지금 위빈 9단의 기세는 길들여지지 않는 맹수의 발악이다.

다시 말하면 발악은 최후의 몸부림에 지나지 않는다.

수는 절대 맞서지 않고 차분하게 응수했다.

손해를 보더라도 작은 틈을 주지 않는다.

무섭도록 차분해진 이성이 위빈 9단의 야수성마저 서서히 잠재웠다.

탁!

마지막 공배를 메움으로써 대국이 끝났다.

촤르르륵!

사석으로 서로의 집을 메우며 계가에 돌입했다.

흑은 46집.

백은 43집.

다섯 집 반의 덤을 감안하면 백을 쥔 수의 두 집 반 승리다.

'계가대로야.'

수가 한 치의 오차도 없이 맞아떨어진 형세 판단에 만족하며 예의를 갖췄다.

위빈 9단은 바둑판에서 눈을 떼지 못하며 상변을 손가락으로 지목했다.

"이 교환 때문에 졌네요."

자칫 패착이 될 뻔한 수.

무리한 삭감으로 인해 도리어 구렁텅이로 빠질 뻔한 형세를 단숨에 엎어버린 그 수가 지금의 승리를 만들었다고 해도 과언이 아니다.

위빈 9단이 돌을 치우며 말을 이었다.

"많이 배웠습니다."

"저야말로."

대화를 끝으로 수가 소파에서 일어났다.

스튜디오를 걸어 나오며 반대편을 응시했다.

'아직 안 끝난 건가?'

준고와 조한성 9단의 대국은 아직 결판이 나지 않았다. 얼핏 보니 막바지 끝내기가 한참 진행이 되고 있었다.

"인기 스타 씨, 인터뷰 좀 해주실래요?"

말을 건 건 김수진 기자지만, 기자 일동이 뒤에서 대기하고 있었다.

수는 주최 측의 안내를 받아 따로 마련된 부스에 자리를 잡고 기자들의 질문 공세를 받았다.

"오늘 바둑은 어떠셨나요?"

"시종일관 어려웠습니다. 승부를 가른 건 아주 사소한 차이였던 거 같네요."

다른 기자가 질문을 던졌다.

"상변의 악수를 신수로 바꿨습니다. 어떻게 그런 수를 생각하셨습니까?"

"대답을 드리기에 질문이 좀 이상하네요."

"네?"

수가 차분하게 말을 이었다.

"그러니까 제 말은 수가 보이기에 뒀을 뿐인데…… 어떻게 생각했냐고 물으면 마땅히 대답할 말이 없다는 겁니다."

"그러니까…… 그게……."

질문을 던진 기자가 당황해하며 말을 흐렸다.

딱히 반박할 말이 없는 까닭이다.

"듣고 보니 그러네. 김 기자가 질문을 잘못했어."

"잠깐만요! 수 씨, 다시 말하면 수가 보여서 그리 뒀는데 이 겼다, 이 말씀입니까?"

"얘기가 그렇게 되나요?"

수는 긍정도 부정도 하지 않았다. 그 말 그대로인 까닭이 다.

"어?"

부스 너머의 대국장이 술렁거렸다.

행여 방해가 되지 않을까 조심스러운 그곳이 시끌벅적하 다는 소리는 대국이 끝났다는 걸 의미한다.

아니다 다를까, 그쪽에서 대기 중이던 기자 한 명이 말했 다.

"제1국 승자가 나왔대요."

"누구? 누가 이겼죠?"

주목을 받은 기자가 아쉬운 얼굴로 대답했다.

"조한성 9단이 졌습니다."

"맙소사, 그럼 일본의 준고 초단이?"

"기왕전은 진짜 이변의 연속이네요."

수의 인터뷰를 취재하던 기자 중 상당수가 준고 쪽으로 이동했다.

대부분이 일본의 신성 준고에 초점을 맞추고 있던 일본 기자다.

반대로 수 쪽에 남은 이들은 한국 기자다.

수와 안면이 깊은 김수진 기자가 엎어지면 코 닿을 거리에서 질문을 던졌다.

"결승전 상대가 일본의 준고 초단으로 정해졌는데요, 기분이 어떠신지요?"

"딱히 아무렇지 않아요. 덤덤합니다."

곧 이어 다른 기자가 질문을 던졌다.

"놀랍도록 두 기사의 행보가 비슷합니다. 한국 바둑리그에서 원성진 4단과 조한성 9단을 차례대로 격파한 것과 매우 흡사한데요."

"듣고 보니 그러네요."

"준고 초단이 이길 거라고 생각하셨습니까?"

"글쎄요, 반반이었다고 생각합니다."

대꾸를 하고 있지만 수의 신경은 온통 부스 너머의 준고에게 쏠려 있었다.

결승전에 올랐다는 기쁨보다도 하루라도 빨리 준고와 붙고 싶다는 호승심이 더 앞섰다.

그러거나 말거나 기자들의 질문 세례는 계속됐다.

"어쩌다 보니 한국과 일본의 초단이 결승에 올랐습니다. 양국의 신성 간 자존심을 건 승부가 됐는데요, 각오 한마디 해주시죠."

"각오라……."

잠시 생각을 정리한 수가 입을 열었다.

"전 자신이 없습니다."

"네?"

질문을 던졌던 기자가 당황하며 반문했다.

한일의 자존심이란 말까지 언급했는데 생각 외로 수의 입에서 나온 말이 나약하게 느껴진 까닭이다.

수는 이어지는 말로 그러한 우려를 뒤엎었다.

"질 자신이 없다고요. 상대가 누구든 간에."

"……!"

"아! 과연!"

그제야 기자들의 얼굴이 좀 펴졌다.

누가 뭐래도 기왕전은 한국에서 열리는 세계기전이다.

안 그래도 요 몇 년간 중국의 프로기사들이 한국에서 주최한 기전들의 타이틀을 싹 쓸어가다시피 하며 남의 집 잔치로 전락한 지 오래다.

그 와중에 일본의 신예 초단 준고에게 타이틀을 내준다?

바둑에 절대적인 건 없다지만 망신도 이런 망신이 없다.

하물며 한국과 일본의 대결이다.

축구만 하더라도 일본전에서 지면 공항에서부터 갖은 손가락질을 받는다.

바둑이라는 작은 스포츠지만 그 이상의 자존심이 걸린 승부다.

"인터뷰는 그쯤하시고, 결승전에 진출하신 두 기사분 이쪽으로 와주세요."

단상 위에 걸린 현수막 아래에서 주최측의 임원들과 수와 준고가 나란히 서서 사진을 찍었다. 결승전에 진출자를 기념하기 위한 일종의 기념사진이다.

공식적인 몇 가지 절차를 거친 후에서야 수와 준고는 단둘이 남게 되었다.

먼저 말을 건 건 준고 쪽이었다.

"용케 이기셨네요?"

"너야말로."

준고가 비릿하게 웃었다.

명백한 비웃음이다.

"희망 고문 많이 하세요. 우승 못할 테니 꿈이라도 마음껏 꿔야죠."

"……"

"아! 국내기전 우승하면 되나? 동네 애들 놀이니까 딱 어울리네요."

준고는 둘만 있게 되자 고삐 풀린 망아지마냥 대놓고 한국 바둑 기전의 수준을 비하했다. 확대 해석하면 한국기원에 속한 프로 바둑기사의 수준을 평가절하한 것과 마찬가지다.

분에 받치는 일이지만 수는 잠자코 듣기만 할 뿐 일언반구도 하지 않았다.

반응이 없자 준고도 흥이 떨어진 듯 보였다.

"너무 대놓고 무시하시네. 도발한 사람 무안하게."

"형이 딱 한마디만 하마."

"형? 누가?"

비아냥거림을 무시한 수가 낮게 으르렁거렸다.

"지고 나서 계집애처럼 징징 짜지나 마라, 버르장머리 없는 꼬맹아."

수는 거기까지 말을 하곤 휙 몸을 돌렸다. 더 얘기를 해봤자 귀와 입만 너러워질 뿐이다.

'입으로 떠들어봤자야. 승부는 바둑판 위에서 낸다.'

멀어지는 수에게 생각지도 못한 한 방을 얻어맞은 준고가 눈을 부라렸다.

"형? 웃기는 소리 하네. 나한테 대접을 받고 싶으면 나보다 잘나라고."

삐뚤어진 천재.

준고의 눈에 독기가 일렁거렸다.

5

한국기원 최상층에 상당수의 고문과 이사들이 모여 있었다.

평균적으로 쉰을 넘긴 이들의 상당수는 과거에는 한국바둑의 부흥을 이끌었던 프로 바둑기사로 이제는 일선에서 물러나 다른 역할로 한국바둑의 발전에 이바지하고자 했다.

모처럼 한자리에 모인 이들은 기왕전 생중계를 보며 의견을 나누는 중이었다.

"보셨습니까?"

중계를 끄고 첫 운을 뗀 건 벽산건설의 진인수 감독이다.

원형으로 둘러앉아 중계를 보던 고문과 이사들이 한마디씩 보탰다.

"시대가 많이 변하긴 했군요. 초단들의 결승 진출이라니."

"세대교체가 아닐까 싶습니다."

"이수라…… 기재는 기재군요. 설마 하니 백전노장 위빈 9단이 꼼짝 못할 줄이야."

기왕전 준결승전은 여기 모인 고문과 이사들에게 많은 생각의 여지를 주었다.

단수가 강함의 척도가 되던 시절과 다른 번뜩이는 신예들의 등장과 그들로 인한 세계급 기사들의 탈락이 많은 생각을 하게 만들었다.

　진인수 감독이 말을 이었다.

　"보셨겠지만, 이수 초단은 올해 들어 패배가 없는 몇 안 되는 기사 중 한 명입니다."

　고문 중 한 명이 따로 정리 된 수의 전적표를 보며 말을 받았다.

　"여기 적힌 걸 보니…… 바둑 리그에서 원성진과 조한성을 각각 꺾었군요."

　"허! 그야말로 엄청난 초단이야."

　"잘하면 입단과 동시에 최단 기간 세계 타이틀을 손에 쥘지도 모르겠습니다. 아! 그러면 9단 승단도 같이 되는 건가요?"

　아직 단언하기는 이르지만 지금까지 수가 보인 행보는 보는 사람으로 하여금 기대를 하게 만든다.

　"감독으로서 이수 초단을 지켜본 결과 올해 세계 바둑이 그의 해가 될 거라고 전 믿어 의심치 않습니다."

　"가능성이 있는 얘기군요."

　"자, 진 고문. 그래서 하고 싶은 말이 뭐죠?"

　이야기가 돌고 돌아서 본론에 근접했다.

　이 순간을 기다렸단 진인수 감독이 아껴두고 있던 포부를 밝혔다.

"올해 인천 아시안게임에 참가할 국가대표 선수로 이수 초
단을 꼭 데려가고 싶습니다."

Chapter 9

1

타닥타닥!

어두운 서재.

요란한 타자음에 맞춰서 순백의 모니터 위에 활자가 입력된다.

자음과 모음이 모여 단어를 만들고, 단어가 모여서 문장이 된다. 문장은 또 문단이 되어 활자에 생명력을 불어넣는다.

지금 이 순간 수는 작가가 되었다.

비록 프로의 글쓰기라고 말하기엔 너무나도 미흡했지만 자신의 글을 써 내려가는 이 순간만큼은 수는 작가였다.

'내 감정을 풀어 쓰는 거야.'

그 남자 사정, 그 여자 사정의 작사를 하다 보니 이별을 맞이했을 때 남녀가 느끼는 감정의 깊이나 견해가 다르다는 걸 알았다.

그때부터였다.

진서의 일기장에 하고 싶은 말이 생긴 것은.

근데 막상 글을 쓰기 시작을 하니 상상하던 것 이상으로 어려웠다.

"……."

쉴 새 없이 타자를 치다가도 언뜻 손놀림이 멈칫거린다.

잠시 사고하며 생각을 정리하고 나서야 겨우 다시 글로 풀어 쓴다.

"이건 아니야."

수가 마음에 들지 않는 듯 백스페이스를 연타하자 모니터를 가득 채웠던 활자 절반 이상이 순식간에 지워져 버렸다.

"하! 글이란 거 쓸수록 어렵네. 내가 너무 쉽게 생각했었나 봐."

글은 쓰면 쓸수록 어렵다는 말이 실감이 들었다.

따지고 보면 학창시절 해본 글짓기가 다일 텐데, 글을 쓴다는 것 자체가 어불성설이다.

그럼에도 불구하고 수가 모니터 앞에서 글을 써 내려갈 수 있는 건 전이된 진서의 재능 덕이다.

떠오르는 생각을 글로 표현하는 것에서 오는 괴리감을 느낀 수가 다시 진서의 일기장을 펼쳐서 해당 대목을 소리 내서 읽어 내려갔다.

"난 왜 살았던 걸까? 이렇게 허무하게 죽을 걸. 어제도 오늘도 그 생각만 들었다. 너무 아픈데, 어차피 죽을 거 왜 그리 치열하게 산 건지…… 근데 오늘 수 오빠가 다녀가고 나서 알게 됐다. 누군가에게 기억되고 싶어서일 뿐이라는 걸."

마지막 구절을 읽는 내내 수는 가슴이 짠했다. 죽어가는 진서의 심정이 절절하게 전해진 까닭이다.

"얼마나 무섭고 겁이 났을까? 사람들에게 잊힌다는 거 자체가……"

다시 한 번 일기장을 적어 내려가던 진서의 감정을 십분 이해한 수가 키보드 위에 손을 얹었다.

"쉽게 쓰는 거야. 어울리지 않는 어려운 표현 쓰지 말고 진솔하게 쓰자."

다짐을 하듯 말한 수가 다시 키보드를 두드렸다.

새하얀 백지에 글자를 채웠다.

그날 나는 차마 진서에게 그 말을 하지 못했다.

네가 살아 있기에 왜 살았냐는 질문을 할 수 있던 거라고.

넌 지금 살아 있고, 앞으로도 살아 있을 거라고.

내 기억과 추억의 사이에서.

영원히 늙지도, 망가지지도 않는 가장 아름다운 너의 미소와 함께.

느낌이 충만해진 글쓰기로 백지가 빼곡하게 채워질 때였
다.

지이잉!

테이블 위에 올려둔 휴대전화의 진동 소리가 몰입을 깼다.

"이 형은 참 전생에 나랑 원수를 졌나?"

집중이 깨져 아쉽긴 했지만 그래도 하고 싶은 말은 속 시원
하게 쓴 것에 만족하고 이상민의 전화를 받았다.

"여보세요."

—야! 형인데.

"말 안 해도 형인 거 알아요."

수가 심드렁하게 대꾸를 했다.

—얘 좀 보게. 좀 더 친절하게 전화 받지?

"총 맞았어요? 제가 남자 전화를?"

—와! 있는 놈이 더해. 아! 됐고, 너 댄스곡 작사 한번 해볼
래?

"댄스곡이요?"

수도 예상외의 제의에 끝 음이 올라갔다.

서너 곡 정도 발라드 작업을 해왔지만 댄스곡은 처음인지
라 생소했다.

'재밌겠는데?'

익숙지 않은 일에 대한 거부감은 들지 않았다. 오히려 호기심이 동했다.

―어, 형 친구 중에 독립한 애가 있거든. 걔네 회사 메인으로 여성 아이돌 그룹 데뷔하거든. 곡은 나쁘지 않은데 가사가 입에 안 붙는대.

"그래요?"

―생각 있어? 대신, 선수금이 좀 적어. 삼십만 원밖에 안 된다.

"돈은 상관없어요."

아직 많은 선수금을 요구할 만큼 수의 경력이 화려하지 않다.

'당장 돈은 급하지도 않고.'

작년과 비교하면 분에 넘칠 정도로 많은 돈이 매달 통장에 쌓이고 있는 실정이다. 차후에 저작권료 비율만 확실하게 정산된다면 선수금은 안 받아도 크게 상관이 없다.

―그래? 그럼 해봐. 메일로 애들 사진이랑 가이드 곡 보내마.

"언제까지 해줘야 해요?"

―빠를수록 좋아. 늦어도 토요일까진 해줘야 해.

"나흘 남았네요. 알았어요. 해볼게요."

통화를 끊은 수의 표정은 살짝 상기되어 있었다.

개척하지 못했던 미지의 영역과 마주하는 것에 대한 기대감 때문이다.

잠시 부엌에 들러 목을 축인 수가 포털사이트에 로그인을 했다.

딱 맞춰서 이상민에게 메일이 도착했다.

"얘들인가? 그룹명이 자라?"

메일을 열자 4인조 신인 여자아이돌 그룹 자라 멤버들의 사진이 담겨 있었다.

마우스로 클릭해서 확대하자 유럽풍의 펜션 수영장을 배경으로 찍은 비키니 사진들과 도심을 배경으로 야시시하게 찍은 화보들이 쏟아졌다.

"하! 이 형 또 개인적인 취향 위주로 사진 보낸 거 좀 보소. 못 말린다니까."

고개를 절레절레 저으며 차근차근 멤버들의 외모부터 몸매, 스타일까지 빠지지 않고 뜯어보았다.

"전체적으로 다 예쁘긴 하네."

미모에 대해서는 이견을 달 여지가 없다. 정확한 프로필은 보지 않아서 알 수가 없으나 외모에서만큼은 흠잡을 구석이 없다.

"근데 좀 세 보이네."

수가 볼을 긁적였다.

여성 아이돌 그룹마다 각자의 개성이 있게 마련이다.

콘셉트와는 차별되는 개성은 개개인의 면모에서 갈리게

된다.

수는 자신이 혈기왕성한 20대의 청년인 만큼 프로듀서의 관점이 아니라 팬의 시점에서 평가했다.

이미 아이돌 도사가 되는 전문 과정인 군대를 우수하게 졸업했기에 그 분야에서 만큼은 누구에게도 뒤지지 않을 거라 자부했다.

"곡을 들어봐야 알겠지만, 이건 러블리하게 가면 답이 없을 거 같은데?"

우려를 안고 음원을 다운받았다. 헤드셋을 착용하고 비밀번호를 입력하자 멜로디가 흘러나왔다.

쿵~ 따따~ 쿵!

끈적끈적한 비트로 시작된 전주는 인도 음악을 연상시켰다.

"느낌 좋은데?"

예상외로 귀에 감기는 멜로디에 수가 스르르 눈을 감고 몰입했다.

전자음과 몽환적인 비트의 결합에 맞춰서 흘러나오는 사운드는 꽤나 이질적이면서 신선했다.

동시에 눈을 감고 무대 위에 자라의 멤버 네 명을 세웠다.

멜로디.

멤버들의 이미지.

무대.

이 세 가지의 조화에 최우선을 두고 감상 포인트를 맞추자 조금씩 그림이 그려지기 시작했다.

"얘들이 헤어졌다고 질질 짜면 웃기잖아? 또 남자한테 매달릴 거 같지도 않고."

재차 바탕화면에 띄워놓은 자라 멤버들의 면모를 확인한 수가 손가락을 탁 튕겼다.

"그거지! 느낌이 딱 그거야. 네가 날 버리고 가서 잘살 거 같아? 헤어지라고 저주하는 거지."

번뜩 떠오르는 이미지에 느낌이 딱 잡혔다.

지고지순하게 헤어진 남자의 행복을 빌어주는 여성의 모습이 아닌, 자신을 버리고 다른 여자에게 간 남자를 저주하는 현대적이면서도 센 여성의 이미지가 딱 떠오른 것이다.

"네가 그러고 가서 행복할 거 같니? 인형에 대고 저주할게."

가사로 쓰기엔 독하게 느껴질 법한 가사를 수는 비트와 음절에 맞춰서 가차 없이 써 내려갔다.

두 시간이 넘게 머리를 싸매고 작업한 결과 어느 정도 윤곽이 보일 때였다.

수의 뇌에 번개가 찌릿하고 관통했다.

무대에 서서 이 곡을 부르는 자라를 떠올리던 도중 생각지도 못한 안무가 떠올랐다. 군대에서 수없이 보며 축적된 여성 아이돌 그룹의 안무와 뮤비가 도움을 준 것이다.

수가 의자에서 슬그머니 일어섰다.

뒤에 설치된 전신거울 앞에 섰다.

"거만한 느낌을 살려서 추려면. 살짝 무릎은 굽히고, 목은 뒤로 젖힌 뒤에."

가사에 담긴 느낌은 저주다.

이별을 고한 남자가 헤어지고 심지어는 불행하길 바라는 자극적인 가사다.

그러한 저주를 퍼붓는 작중의 여자가 무대에 선다면 결코 그 남자에게 꿀리고 싶지 않을 것이다.

수는 거만하게 팔짱을 끼고 고개를 살짝 뒤로 젖혔다. 위에 사람이 아래 사람을 내리 깔아보듯 눈을 게슴츠레 뜬다. 그리고 비트에 맞춰서 고개를 돌리며 상대를 농락한다.

"이 느낌이지!"

갑자기 툭 생각난 안무고 실제로 쓰일 가능성도 희박하다. 아이돌의 데뷔에 달려드는 프로 안무가들만 해도 엄청난 실력가이기 때문이다.

"가이드 곡 녹음하면서 안무도 보여줄까?"

밑져야 본전이다. 수의 입장에선 써도 그만 안 써도 그만이니까.

중요한 건 본인 스스로 이런 안무를 떠올렸다는 것 자체가 너무 대견스럽다는 것이다.

"진짜 가사랑 잘 어울려. 거만함이 아주 물씬 풍긴달까? 툭

까놓고 이거 대박 아냐?'

거울에 비친 어설픈 춤 동작조차 어찌나 만족스럽던지 연이어 반복할 때였다.

똑똑.

노크와 동시에 방문이 열린다.

"수 씨, 뭐 마실 거라도 가져다줄까요?"

"……!"

얼굴을 삐죽 내밀며 의중을 묻는 고은은과 수의 시선이 정면으로 마주쳤다.

"지, 지금 뭐하시는 거죠?"

고은은의 눈동자가 흔들렸다.

그간 이렇게 놀란 적이 있나 싶을 정도로 못 볼 걸 봤다는 표정이다.

"그게요, 은은 씨. 어떻게 된 거냐면……."

수도 뭐라 변명하기에 참 난감했다.

무릎은 살짝 굽은 상태로 팔짱을 낀 채로 거울 앞에서 엉덩이를 실룩거리는 꼴이 꽤나 우스꽝스러운 한편 흉물스러웠다.

"변태."

쿵!

고은은이 반사적으로 문을 닫아버렸다. 마치 못 볼 걸 봤다는 듯이.

"으, 은은 씨……."

그날, 수는 오해를 풀고자 하루 종일 진땀을 빼야만 했다.

2

대한민국에는 어림잡아 수천 개가 넘는 연예기획사가 존재한다.

이들 중 열에 아홉은 우리가 듣도 보도 못한 이름의 기획사들이다.

기획사 직원들이 소속 가수가 누구인지 설명을 해주지만 태반이 처음 듣는 이름이다. 오다가다 한 번쯤 들어본 이름이 튀어나올 때도 있지만 크게 주목을 할 만한 스타는 아니다.

그게 현실이다.

대다수가 대박이란 부푼 꿈을 안고 회사를 차렸지만 막상 치열한 현실의 벽을 넘지 못하고 폐업을 하는 경우가 부지기수다.

JJ엔터테인먼트는 작년 초여름에 개업했다.

오픈한 지 일 년 남짓 되는 신생 기획사다.

대표는 작곡가 겸 디렉터 홍진수 대표.

숨이 찬 것처럼, 널 보며 내가, 뱅 뱅 등 발라드와 댄스를 넘나드는 스펙트럼을 지닌 작곡가로 널리 알려져 있었다.

그런 그가 대형 기획사들의 노다지나 다름없는 아이돌 시장에 뛰어들었다.

"나라고 애들 못 키울 거 없잖아?"

시작은 자신만만했다.

TG의 양태석 대표를 뛰어넘고 말리라 굳게 마음먹었다.

그러나 현실은 생각만큼 호락호락하지 않았다.

법인이라곤 하지만 본인의 사재를 털어 시작한 사업인 만큼 장시간 투자를 하여 연습생들을 가르치기엔 금전적이든 시스템적이든 부족했다.

결국 그는 평소 실력은 있으나 운과 때가 맞지 않아 데뷔를 하지 못한 연습생들과 재빨리 계약을 맺었다.

소형 기획사가 살아남기 위한 최선의 선택이었다.

문제는 여기서 발생했다.

"돌겠네. 노래는 좀 하는데, 애들이 끼가 없어."

홍진수 대표는 이마를 부여잡고 고민에 빠졌다.

처음 계획은 콘셉트를 잡아서 이미지를 부각시켜 무매력을 상쇄시키는 거였다.

근데 이게 생각만큼 녹록치 않다.

끼가 없으니 뭘 해도 맛이 살지 않았다.

예쁘긴 참 예쁘고, 몸매도 훌륭한데…… 또 보고 싶다는 생각이 전혀 들지 않았다.

잠까지 줄여가며 숨 가쁘게 준비했지만 부족하다는 인상

을 지울 수가 없었다.

아직도 채워야 할 건 많은데 데뷔 날짜는 지척까지 다가왔다.

"가사랑 안무가 문제야."

홍진수 대표가 초조한 듯 손톱을 물어뜯었다.

최선의 노력이 꼭 결과로 이어지진 않는다는 걸 오랜 이 바닥의 경험을 통해 잘 알고 있었다.

결국 그는 음원 발표 일주일을 앞두고 전면적인 수정을 감행한다.

좀 더 귀에 쏙쏙 박히고 사람들이 혹할 만한 매력적인 가사로 교체하고, 자꾸만 머리에서 지워지지 않는 안무를 짜기로.

오랜 지우였던 이상민에게 도움을 요청한 것도 그 때문이다.

"나 좀 살려주라!"

인맥은 이럴 때 쓰라고 있는 거다. 작곡의 작 자도 모르던 시절부터 그와 알고 지내던 이상민은 차마 거절하지 못하고 수락했다.

비단 그만이 아니라 그간 쌓은 친분을 최대한 활용하여 작사를 부탁했다.

"남은 문제는 안무인데……."

홍진수 대표는 곧장 은행을 찾아서 마이너스 대출을 받았다.

대형 기획사에 소속되지 않은 프리랜서 안무가들 중 실력 있는 사람을 섭외하여 목돈을 주고서라도 안무를 보완하기 위해서다.

시간이 화살처럼 지나갔다.

"난 망했어."

하지만 노력이 무색하게도 데뷔 사흘을 남기고 홍진수 대표는 절망했다.

목돈을 들여 급하게 짠 안무는 기대 이하다.

덩달아 따로 의뢰해서 받은 가사들도 썩 마음에 들지 않는다.

홍진수 대표가 머리를 쥐어 싸맸다.

이대로 데뷔한다면 십중팔구 망할 게 분명하다.

지이잉!

홍진수 대표의 휴대전화 진동이 울렸다. 오랜 지우인 이상민에게서 온 문자메시지다.

퀭한 눈동자로 내용을 확인했다.

전화 왜 안 받냐? 가이드 곡 보냈다. 우리 소속사 신인이 쓴 건데 느낌이 괜찮다. 아! 그리고 마침 생각난 게 있어서 샘플로 안무 영상도 찍어서 보냈으니까 한번 봐라.

"신인?"

홍진수 대표의 표정에 실망감이 서렸다.

"하······ 다 이따위야. 친구 좋아하네. 돈 안 되니까 밑에서 작사 막 시작한 애한테 시킨 거 누가 모를 줄 알고?"

신인이란 얘길 딱 듣는 순간 기대감이 눈 녹듯이 사라졌다.

좋게 말해서 신인이지, 실력이 부족해 데뷔를 하지 못했다는 말과 진배없다.

맘에 들지 않지만 홍진수 대표의 손은 개인 이메일에 로그인을 하고 있었다.

지푸라기라도 잡고 싶은 심정이기에 일말의 희망을 걸어본 것이다.

파일을 다운받자마자 가이드 곡을 재생시켰다.

동시에 반대쪽 손은 스피커의 음량을 최대한으로 끌어 올렸다.

"······!"

첫 구절을 듣자마자 아무런 기대도 하지 않던 홍진수 대표의 눈에 힘이 들어갔다.

귀에 팍팍 꽂힌다.

그 강렬함은 어떤 말로도 형용할 수 없을 만큼 센 느낌이다.

온몸에 소름이 돋는다.

그가 이 바닥에 있으면서 몇 번 느껴보지 못한 짜릿한 촉이 왔다.

가사를 딱 듣는 순간 무개성한 자라 멤버들의 이미지가 싹 바뀐다.

무대를 장악하고 있는 오만한 네 여자의 모습이 자연스럽게 그려진다.

"그래, 이거지! 내가 바라던 게 이런 거라고!"

체면 따윈 잊어버린 채 자리를 차고 벌떡 일어나며 주먹을 휘둘렀다.

"사람이 그냥 죽으란 법은 없구나. 고맙다, 상민아! 네가 날 살리는구나!"

옆에 있으면 부둥켜안고 뽀뽀라고 할 만큼 홍진수 대표는 기뻤다.

썩은 동아줄인 줄 알았건만, 생각지도 못한 비단줄을 잡은 기분이다.

그는 잠시 가슴을 진정시키고 작사가 이름을 확인했다.

"대치동 살쾡이?"

처음 듣는 필명이다.

독특한 직명도 특이하지만, 이런 센스 있는 가사를 썼다는 것 자체가 놀라웠다. 모르긴 몰라도 조만간에 작사가로 크게 두각을 나타낼 거라는 확신이 들었다.

"신인인 게 뭐가 중요해? 중요한 건 이런 대박 가사가 나한테 굴러 들어왔단 거지!"

날아갈 것 같은 기분을 진정시킨 홍진수 대표가 이어서 안무 샘플 동영상을 다운받았다.

앞서 너무도 훌륭한 가이드 곡을 받은지라 기대감이 생겼다.

따딱.

연타로 마우스를 더블클릭했다.

파일이 켜지고 재생되는 영상을 처음 본 순간 홍진수 대표가 까무러치게 놀랐다.

"이, 이건!"

경악성을 터뜨린 그의 입이 다물어지지 않는다.

3

연습실.

벽면에 부착된 전면 유리가 시설의 전부인 이곳은 발을 들이는 순간부터 지하실 특유의 퀴퀴한 냄새가 풍긴다.

늘 땀을 흘리며 춤을 추는 공간이건만, 지하에 위치한 까닭에 통풍이 제대로 되지 않는 까닭이다.

"언니, 우리 잘되겠죠?"

그룹 자라의 막내 홍지의 표정에 수심이 가득 차 있었다.

"왜? 걱정돼?"

리더 겸 맏언니 성희가 되물었다.

"그냥…… 많이 봤잖아요. 데뷔하고 소리 소문 없이 잊히는 애들. 저희도 그럴까 봐 그래요."

"나도."

곁에 있던 민주도 한마디 보태며 동조했다.

네 사람은 최소 오 년 이상 대형 기획사 연습생 신분으로 있었던 만큼 이 바닥의 생리를 전문가 못지않게 꿰고 있다.

연습생 동기나 선후배 중에서는 스타 아이돌도 많지만 그에 못지않게 데뷔와 동시에 사라진 이도 많은지라 걱정이 앞섰다.

성희가 손뼉을 치며 우려를 날려 버렸다.

"우울한 얘기 그만! 말이 씨가 된다고 하잖아?"

"하지만……."

"쉿! 우리 여기 오기 전에 뭐라고 그랬어? 데뷔만 하면 소원이 없다고 했잖아. 그 마음가짐으로 가자."

성희는 리더로서 동생들을 다독거리며 격려했다. 그게 그녀의 역할임을 정확히 인지한 까닭이다.

'잘돼야 할 텐데…….'

괜찮은 척했지만, 맏언니라고 해서 불안감이 없을 수 없었다. 끽해야 두어 살 많은 게 다인 똑같은 소녀들이니까.

"다 잊고 연습하자. 연습만이 살길이야!"

다시 각오를 다지며 몸을 일으키려는데 연습실 문이 세게 열렸다.

쿵!

네 사람의 고개가 휙 돌아갔다.

"대, 대표님?"

팔에 노트북을 낀 홍진수 대표가 숨을 몰아쉬며 서 있었다. 한겨울에 이마에 땀까지 흘리는 걸로 보아 사무실에서 여기까지 한달음에 달려온 것 같다.

"하아하아, 다들 이리 모여봐."

한 번도 흐트러진 모습을 보여준 적이 없던 터라 자라 멤버들이 당황해하며 모였다.

'무슨 일이지?'

'설마 이번에도 데뷔가 물 건너가는 건……'

누구보다도 간절하게 소망하던 데뷔였기에 근심이 커져갈 때였다.

원형으로 빙 둘러앉자 홍진수 대표가 가이드 곡을 재생시켰다.

귀에 쏙쏙 박히는 가사에 홍지의 표정이 상기됐다.

희애는 가사만으로도 전혀 달라진 노래가 신기한지 큰 눈을 깜빡였다.

첫 구절부터 사람을 몰입하게 만들고 집중하게 만드는 가사에 푹 빠져서 헤어 나오질 못했다.

"가사 죽이지?"

"네, 완전……."

"제목은 더 죽여. 아브라카데브라! 헤어진 남자한테 퍼붓는 저주의 주문이야."

"……!"

"네들을 스타로 만들어줄 주문이기도 하고!"

홍진수 대표의 설명에 자라의 멤버들의 표정도 점차 밝아졌다.

아직 어리다곤 하나 아이돌판에서 오래 굴러먹던 만큼 나름대로 뜬다, 안 뜬다를 구분하는 기준이 생긴 까닭이다.

'이건 떠!'

'잘하면 우리도……'

그런 기대에 홍진수 대표가 불을 지폈다.

"이게 끝이 아니다. 이게 아브라케더브라의 핵심 안무가 될 거야."

이어서 홍진수 대표가 동영상 파일을 재생시켰다.

한눈에 봐도 녹음실 부스 안.

휴대전화로 찍은 영상의 화질은 좋지 않다.

더 웃긴 건 영상 가운데에 서 있는 의문의 남자다.

모자를 푹 눌러쓰고 선글라스를 쓴 그는 흘러나오는 반주에도 바보처럼 우두커니 서 있다.

"뭐하는 분이에요?"

막내 홍지가 참지 못하고 의문을 표할 때였다.

영상 속의 남자가 갑자기 팔짱을 끼더니 박자에 맞춰 좌우로 엉덩이를 실룩거린다.

"풉!"

너무도 볼썽사나운 모습에 홍지가 웃음을 터뜨렸다.

"너무 못 춘다."

"골반이 삐걱거려요."

다른 멤버들이 춤을 추는 남자에게 쏠려 있는 것과 달리 유일하게 리더 성희만이 남자의 안무에 온 정신이 쏠려 있었다.

"대표님, 이 안무 뭐예요?"

"어때?"

"곡이랑 너무 잘 맞아요. 쉬워서 따라 하기도 좋고. 뭐랄까, 남자를 위에서 내려다보는 우월한 느낌?"

홍진수 대표가 화색이 짙은 표정을 띠며 손가락을 튕겼다.

"그게 네들 이번 앨범 바뀐 콘셉트다. 헤어진 남자친구를 잡아먹을 듯이 표독스럽고 독한 여자!"

"그럼 이 안무가 우리 거예요?"

"진짜? 꺅! 언니, 대박이야! 대박!"

영상에서 눈을 떼지 못하는 네 사람 다 한껏 들떠 보였다.

이 껄렁껄렁하면서도 오만한 안무와 곡, 가사가 융합된다면 그녀들이 생각하는 것 이상으로 강렬한 무대가 완성될 거라는 확신이 들었기 때문이다.

홍진수 대표가 말을 이었다.

"곧 있으면 혁이 오니까 안무는 전면 수정한다. 이의 없지?"

"네!"

그녀들의 목소리에 힘이 실린다. 이 안무와 가사에서 성공의 가능성을 본 까닭이다.

"마지막으로 영상 속 저 남자 꼭 기억해 둬라."

"진짜 궁금했는데, 저분 누구세요?"

"대치동 살쾡이."

"네?"

너무나도 엉뚱한 이름이 튀어나오자 그녀들이 어리둥절했다.

"네들 가사랑 안무 짜준 사람. 달리 말하면……."

잠시 뜸을 들인 홍진수 대표가 말을 이었다.

"네들 스타 만들어줄 은인."

Chapter 10

1

탁!

대리석 거실 한가운데 덩그러니 놓인 바둑판 위, 흑돌과 백돌이 어지럽게 섞여 있었다.

바둑판을 사이에 두고 마주 앉은 수와 고은은 사이에서는 한마디 말도 오가지 않는다.

아니다. 눈은 서로를 향해 있지 않지만 바둑판 위에서 대화를 나눈다고 봐도 무방하다.

"졌어요."

치열한 공방전의 승자가 정해졌다.

패배를 시인하는 가녀린 목소리의 주인공은 다름 아닌 고은은이다.

"손에서 놓았더니 감이 많이 죽었어요."

승부처였던 중앙을 복기하는 고은은의 손길에 아쉬움이 묻어났다.

"특히 여기서 이쪽으로 받았어야 됐는데, 욕심낸 게 패착이에요."

"……."

"왜 그런 눈으로 봐요?"

빤히 쳐다보는 수의 시선에 부담스러움을 느낀 고은은이 반문했다.

"그냥 놀라워서요. 솔직히 말하면 공백이 있다곤 생각할 수 없는 바둑이었어요."

"놀리지 마요. 어디 내놓기도 부끄러운 바둑이었다고요."

고은은은 그런 말 말라는 듯이 손사래를 쳤다.

그러나 수가 좀 전에 한 말은 진심이었다.

반년에 가까운 공백을 가졌지만 고은은의 기력은 전혀 줄지 않았다. 오히려 뒤를 돌아보지 않는 전투 바둑에 유연함이 더해지며 단점을 보완한 느낌마저 들었다.

'나만 아니었다면, 프로 바둑기사로서 더 올라가고도 남았을 재능.'

바둑판 위에 널브러진 돌들을 정리하며 쓰게 입맛을 다셨다.

하루라도 빨리 그녀가 프로 바둑기사로 돌아가게 하고 싶었으나 그러지 못하는 지금의 현실이 너무나 안타까웠다.

"근데 정말 이거면 돼요?"

"뭐가요?"

"데이트요. 모처럼 쉬는 날인데, 드라이브라도 하고 오자니까요."

최근 너무 바쁜 스케줄 탓에 고은은을 너무 혼자 둔 것 같아 마음에 걸렸다.

그러던 차 오늘 모처럼 스케줄이 텅 비게 되어 데이트도 하고 외식이라도 하자고 했으나 거절당했다.

"제가 불편해서 싫어요."

"하지만 답답할 텐데……."

"하나도요. 같이 있는 게 좋은 거지, 꼭 뭘 해야 좋은 건 아니잖아요?"

어쩜 이렇게 말도 예쁘게 하는지, 수의 입가에 미소가 걸렸다.

결국 모든 데이트는 거실에서 이루어졌다.

소파에 나란히 기대고 앉아 영화를 감상했다.

외출해서 외식은 하지 못했지만 배달 음식 탕수육과 짜장면이 든든하게 대신했다.

시간은 눈 깜짝할 사이에 지나갔다.

해가 지고, 밤이 찾아왔다.

"짜잔! 오늘을 위해 준비해 둔 맥주!"

마트에서 사다 둔 치즈 조각과 과자를 안주 삼아 맥주를 마셨다.

"캬! 좋다."

하루가 일 분처럼 느껴질 정도로 바쁜 나날 속에서 만끽하는 여유로움에 감탄사가 절로 터져 나왔다.

한 캔, 두 캔…… 테이블에 쌓여가는 빈 맥주캔 수만큼이나 고은은의 얼굴에 취기가 올랐다.

"가끔 수 씨를 보면 신기할 때가 있어요."

"제가 또 사람을 궁금하게 만드는 남자긴 하죠."

수가 어깨를 으쓱하며 장난스럽게 받아쳤다.

그에 반해 손에 쥔 맥주캔을 빙그르르 돌리던 고은은의 눈길은 진지했다.

"가끔 보면 뭐랄까, 너무 잘나 보여서 같은 사람 같지 않은 기분?"

"너무 금칠해 주신다."

"처음엔 못 하는 게 없구나 싶었는데, 가까이서 보니 그건 아닌 거 같았어요."

"그러면요?"

고은은이 차분하게 말을 이었다.

"처음 절 만났을 때만 해도 영어를 잘 못했어요. 근데 두 번째, 세 번째 만났을 때 현지인 수준으로 영어에 능통했죠."

"그거야 어쩌다 보니……."

"이번 작사나 글쓰기만 해도 그래요. 그전까지는 글쓰기 같은 거 해보신 적도 없다면서요? 근데 작사한 곡들을 들어보면…… 와! 깜짝 놀랄 만큼 잘 써요. 왜 그동안 글을 쓰지 않았을까 싶을 만큼?"

수는 마땅한 변명거리를 찾지 못하고 입술만 실룩거렸다. 누구에게도 털어놓지 못한 비밀의 정곡을 그녀에게 찔린 까닭이다.

"그, 그러게요. 왜 진즉에 알아채지 못했을까요?"

테이블에 턱을 괸 고은은이 그윽한 눈길로 수를 보았다.

"그거야 뻔하죠. 그걸 꼭 말해야 알아나?"

"네? 그게 뭔데요?"

"사실 수 씨는 뭐든 잘하는 천재였던 거죠! 다만, 본인이 자각을 하지 못해서 그 능력을 모르고 살았던 거예요. 제 말이 맞죠?"

"……."

괜스레 다 들통 난 게 아닌가 싶어 조마조마하던 수가 마음을 놓았다.

'그럼 그렇지. 그런 비현실적인 일을 어떻게 알아채겠어?'

안도와 동시에 아쉬운 마음도 들었다.

누구에게도 털어놓지 못한 비밀.

이 거짓말 같은 이야기를 공유해 줄 수 있는 상대가 있길 바랐고, 그 상대가 고은은이면 기쁠 것 같았다.

'언젠가 때가 된다면…… 꼭 은은 씨한테 제일 먼저 털어놓을게요.'

속마음을 숨긴 수가 말을 받았다.

"그러게요. 나 진짜 천잰가?"

"아버님, 어머님한테 감사하세요."

"안 그래도 기적 같은 천재성을 물려주신 두 분께 효도하려고요!"

고은은이 피식 웃었다.

부쩍 잘난 척이 늘었지만 그런 수가 밉지 않았다.

"난요, 우리 수 씨가 볼수록 너무 사랑스러워요."

"어? 나돈데?"

"나중에요, 우리가 잘되고 나면…… 수 씨가 그 기적을 다른 사람에게 나눠줬으면 좋겠어요."

"기적을 나눠요?"

장난스럽게 오가던 대화에서 수는 알 수 없는 위화감을 느꼈다. 그건 마치 잊고 있던 꼭 해야만 할 일을 뒤늦게 떠올린 듯한 기분이었다.

'기적을 나눈다라, 기적을…….'

수는 마음속으로 앞서 던졌던 질문을 곱씹었다.

따지고 보면 수의 인생이 바뀐 건 수의 품에서 죽어간 이들의 재능이 함께했기 때문이다.

그래.

그것은 기적이라 부르기에 부족함이 없다. 그것이 기적이 아니라면, 또 무엇이 기적이겠는가?

'돌이켜 보면 기적적으로 찾아온 모든 기회를 너무 나만을 위해 써왔어.'

참 수로 하여금 많은 생각을 하게 만드는 말이다.

기적을 나눈다.

아직까진 그 의미가 무언지 쉽게 정의를 내리지 못했다.

'답은 앞으로 찾아야겠지.'

확실하게 정해진 건 없다.

다만, 앞서 걷던 길을 한 번쯤 되돌아볼 이유가 수에게 생겼다.

"뭐야, 사람 민망하게 계속 혼자 둘 거예요?"

"미안, 미안. 우리 건배할까요?"

"건배만?"

고은은이 발장난을 치듯이 수의 다리를 툭툭 건드렸다. 동시에 반쯤 풀린 눈동자 너머로 끈적끈적한 시선을 보냈다.

'하루도 날 가만 안 둔다니까.'

노골적인 유혹을 모르는 척하기에 수는 혈기왕성했다.

"은은 씨."

"네?"

"오늘 잠은 다 잔 줄 알아요."

"어머!"

수는 예고도 없이 벌떡 일어나더니 고은을 안아 들고 침실로 향했다.

쿵!

닫힌 침실 너머로 뜨거운 사랑의 속삭임이 몇 번이고 이어졌다.

2

대박이 터졌다.

범람하는 아이돌들 틈바구니를 뚫고 여성 4인조 그룹 자라(ZARA)가 일명 시건방 춤으로 일약 스타덤에 오른 것이다.

그 열풍의 중심엔 직캠도 한몫했다.

섹시를 넘어선 팜므파탈 콘셉트에 꽂힌 몇몇 극성팬이 멤버 개개인의 무대 영상을 녹화해 인터넷에 올린 게 주효했다.

파급력은 생각 이상으로 컸다.

자신을 휘어잡을 줄 아는 센 여자에게 끌리는 취향의 남성 팬들이 열광했다.

일파만파 퍼진 직캠의 열기만큼이나 음원 순위도 수직상승했다.

홍대, 이태원 등 길거리를 걷다 보면 하루에도 몇 번씩 흘러나오는 아브라케더브라를 들을 수 있을 만큼 인기곡이 되었다.

카페에 삼삼오오 모여 앉은 여대생들의 대화 주제로도 빠지지 않았다.

"이 춤 되게 건방지지 않냐?"

"따라 하기도 쉽고, 가사가 딱 내 스타일이더라."

"왜? 헤어진 진석이 생각나서?"

"얘가! 걔는 누굴 만나도 오래 못 사귈 거야. 지 주제에 나 같은 여자를 또 어디서 만나?"

그야말로 열풍!

신인인 걸 감안하면 이 이상의 대박은 없다고 해도 과언이 아니다.

홍진수 대표는 연이은 대박 행진에 만족하지 않았다.

"물 들어올 때 노 젓자고!"

천운이 따라준 자라의 성공적인 데뷔를 기반으로 기획사의 인지도도 끌어 올리고, 자본적인 안정감도 다질 좋은 기회였다.

그 못지않게 자라의 멤버들도 열심이다.

"꿈만 같아. 진짜 너무 기뻐서 운다는 게 이런 느낌일까?"

"언니, 나 이러다 데뷔도 못하면 연습생으로 날린 내 청춘 어디서 보상받나 했거든? 이제 죽어도 여한이 없을 거 같아."

"하루 스케줄 여덟 개? 쪽잠 두 시간? 하나도 안 힘들다고!"

가파른 상승곡선을 타게 되면서 각종 예능이나 토크쇼의 섭외 요청도 쉼 없이 이어졌다.

심사숙고하던 홍진수 대표는 유명 예능인 방호동이 진행하는 토크쇼 방심장에 리더 성희를 내보내기로 결심했다.

맏언니이기도 했거니와 성격이 가장 차분해 경솔한 말실수를 하지 않을 가능성 가장 컸기 때문이다.

그렇게 성희가 방심장에 출연했다.

방심장은 열다섯 명의 게스트를 초대해 놓고 각자 사연을 털어놓은 뒤 방청객들의 호응이 더 좋은 게스트가 우승을 하는 방식이다.

스튜디오 현장.

성희의 차례가 오자 우측에 조그마한 칠판에 적힌 글자를 방호동이 읽었다.

"대치동 살쾡이? 이게 무슨 말이죠?"

"아! 아브라케더브라의 작사가님이세요. 또 시건방 춤을 짜주신 안무가시기도 해요."

"호오! 그분과 관련된 동영상이 있다고요?"

"네, 보시면 깜짝 놀라실 거예요."

미리 리허설을 통해 짜여진 각본대로 합을 주고받은 뒤 스튜디오 후면의 대형 TV를 통해서 영상을 재생시켰다.

녹음실 부스 안, 모자를 푹 눌러쓰고 선글라스를 쓴 수가 어설픈 동작으로 시건방 춤의 가이드 안무를 추는 영상이다.

"굉장히 어색한데요?"

"골반이 삐걱삐걱…… 다치신 건 아니죠?"

"아쉽게도 춤에는 재능이 없어 보이네요."

예능 토크쇼인 만큼 게스트들이 수의 춤 실력을 웃음의 소재로 활용했다.

그러나 리더 성희는 웃지 않았다. 도리어 진지한 표정으로 말을 이었다.

"실은 무단으로 이 영상을 공개해도 될까 많이 망설였어요. 저분의 동의를 구한 게 아니거든요."

"네? 그게 무슨 말이시죠?"

방호동이 아무것도 모른다는 듯 눈을 크게 뜨며 리액션을 했다.

"이제까지 작업을 하면서 한 번도 대치동 살쾡이 님을 본적이 없어요. 녹음 당일에도 오시지 않았고요. 심지어 대표님도 몇 번이나 찾아갔는데 거절당했다고 하더라고요."

"저런! 그럼 방심장을 통해서 그분께 하고 싶은 말씀 전해주세요."

성희가 카메라에 눈을 맞췄다. 공손하게 손을 모으고 진심을 담아 말을 전했다.

"이 기회를 빌어서 꼭 감사하고 싶단 얘기를 드리고 싶었어요. 가사랑 안무를 주시지 않았다면 지금의 자라는 없을 거예요. 대치동 살쾡이 님, 기회가 되면 우리 꼭 봐요! 사랑

해요."

마지막으로 하트까지 만들며 성희가 아양을 떨었다. 독한 여자의 상징인 가죽 치마에 거친 재질의 가죽점퍼를 입고 있었지만 이 순간만큼은 세상 어디에서도 착한 여자였다.

일주일 뒤, 방심장을 통해 이 사연과 동영상이 알려지게 됐다.

어디서 유출이 됐는지 수의 골반이 고장이라도 난 듯한 삐걱거리는 동영상이 사이트에 올라오면서 더 화자가 되었다.

삐걱춤의 달인, 대치동 살쾡이는 누구?

대치동 살쾡이! 알고 보니 실력파 작사가, 국보소녀 지아의 타이틀곡까지 작사?!

그를 주목하라, 대치동 살쾡이!

덩달아 녹음 현장에도 절대 모습을 드러내지 않는 실력파 작사가 대치동 살쾡이의 정체를 향한 대중의 궁금증이 증폭되었다.

3

고속도로를 질주하는 최고급 밴.

차 안에는 스케줄을 위해 이동 중인 국보소녀의 지아와 안젤라가 나란히 앉아 있었다.

"큭!"

지아와 한 살 터울의 안젤라가 휴대전화 동영상을 보며 키득키득 웃었다.

"뭘 그리 재밌게 봐?"

"언니, 대치동 살쾡이 알죠?"

"알지. 내 솔로 타이틀곡 작사가 그 사람이 써줬잖아."

"어제 방심장에 그 사람 댄스 동영상이 떴거든요."

"뭐?"

심드렁하게 대꾸하던 지아의 눈이 번쩍 뜨였다.

그도 그럴 것이 집적인 연락도 안 되거니와 급기야는 녹음 참여 불가 통보를 해왔기 때문이다.

'무슨 작사가가 디렉터 참여도 안 해?'

지아는 어이가 없었다.

녹음 당일에는 가수, 프로듀서, 작곡가, 작사가 심지어 A&G까지 모이기 마련이다. 녹음 과정에서 발생하는 발음 문제, 억양, 포인트 등 중간마다 손을 거쳐야 할 게 한두 가지가 아니다.

첫 싱글 앨범에 많은 공과 노력을 들이는 지아의 입장에서는 타이틀 곡 작사를 맡은 대치동 살쾡이의 불참이 아무래도 곱게 보일 리가 만무했다.

꽁꽁 싸매고 숨어 있을 땐 언제고 이런 식으로 자신을 오픈

할 줄이야.

고개를 쭉 빼서 동영상을 훔쳐보던 지아의 표정이 보기 좋게 일그러졌다.

"이 안무 걔들 거 아냐? 시건방춤?"

"어제 인사하러 온 자라 맞아요."

"이 춤을 왜 대치동 살쾡이가 춰? 그것도 완전 엉성하게."

"안무를 이 사람이 짜줬대요."

"진짜?"

지아는 깜짝 놀라서 반문했다.

작사와 안무는 전혀 별개의 영역이다.

최근 들어서 작곡가 출신의 프로듀서가 핵심 안무를 짜는 경우도 있지만 아주 드문 경우다.

더구나 발라드 가사를 기가 막히게 쓴 대치동 살쾡이가 이런 자극적인 가사를 쓴 것도 놀라운데, 국보소녀조차 탐을 낼 정도로 혁신적인 안무까지 짤 줄은 꿈에도 생각하지 못했다.

"좀 사람이 달라 보이네?"

"그죠? 언니, 녹음 안 온다고 할 때 완전 시크한 줄 알았는데, 볼수록 허당이네."

"아니."

맞장구를 치던 안젤라가 무안하게 지아가 단호하게 고개를 저었다.

"난 오히려 느낌 있는데?"

"네? 어디가요?"

잘못 들은 게 아닌가 싶어 안젤라가 반문했다.

우스꽝스러울 정도로 어설픈 춤사위를 보고 뭐가 느낌이 있다는 건지 도통 이해할 수가 없었다.

"전체적인 태를 봐봐. 스타일이 좀 후지긴 해도, 저 어깨선도 그렇고 허벅지도 꽤 단단해 보이잖아."

"……."

"선글라스 쓰고 있지만 얼핏 저 눈매 보이지 않아?"

"우리 언니 또 병 도졌어."

안젤라는 고개를 설래설래 저었다.

"병? 무슨 병?"

"금사빠요. 금방 사랑에 빠지는 병!"

"누가? 내가? 에이, 난 남들이 못 보는 남자의 섹시함을 잘 포착할 뿐이야. 금사빠는 아니다."

안젤라가 볼을 실룩거렸다.

맞는 듯 아닌 듯한 말을 뭐라 부정하기가 애매한 까닭이다.

"그건 그렇고 이 사람 말이야, 왠지 낯이 익단 말이지."

지아는 눈초리를 좁히며 동영상을 유심 깊게 살폈다.

보면 볼수록 눈에 익은 느낌이다. 아주 사소한 선부터 제스처까지 어딘지 모르게 익숙한 기분을 지울 수가 없다.

"옛 남친 아니야?"

"이 정도 괜찮은 남자였으면 안 헤어졌겠지?"

'취향 정말······.'

차마 입 밖으로 꺼내지 못할 말을 안젤라가 삼켰다.

뚫어져라 동영상을 보던 지아가 눈을 번쩍 뜨며 중얼거렸다.

"수 씨?"

"에이! 체형은 비슷한데, 분위기가 달라."

"그지?"

지아도 대수롭지 않게 생각을 하고 흘려보냈다.

차분히 뜯어볼수록 수와 대치동 살쾡이는 느낌이 전혀 달랐다.

'아무렴 수 오빠가 더 낫지.'

가재는 게 편이라고 흠모하는 수의 편을 들었다.

제자리로 돌아와 앉은 지아는 차창 밖으로 시선을 돌렸다.

"오빠는 뭐하려나?"

잊고 있을 땐 몰랐는데.

불쑥 떠오르는 수가 보고 싶어지는 지아다.

4

내부순환도로.

모처럼 고은은과 단둘이 세단을 끌고 외출을 나온 수는 블루투스로 통화 중이었다.

"형! 나 주목받는 거 싫다고 했잖아. 좀 말리지 그랬어."

차 안이 울리도록 수가 하소연을 했지만 돌아오는 대답은 삐딱하다.

—좋겠다, 또 스타돼서?"

"형!"

—그잖아. 한류스타 이수! 알고 보니 대치동 살쾡이! 이거 메인감 아니냐?

방심장 출연으로 가파른 상승세를 타는 대치동 살쾡이의 인기에 이상민이 시샘했다.

"부러우면 형이 대치동 살쾡이 할래요?"

—저작권료도 내 이름 앞으로 나오냐? 그럼 하고.

"……."

수는 일말의 대답할 가치도 느끼지 못한 듯 전화를 끊어버 렸다.

"하아, 이러려고 시작한 일은 아닌데."

땅이 꺼져라 한숨을 내쉬는 수의 얼굴은 잠깐 사이에 수 년 은 늙은 듯 보였다.

시작은 소소했다.

머릿속에서 정리가 되지 않는 상념들을 글로 풀어내고자 시작한 일이다. 작사는 음악을 하는 수의 입장에서 가장 쉽게 접근할 수 있는 글쓰기였다.

그런데 방송 출연으로 생각지 못한 이슈가 되고 말았다.

"운전해요. 난 운전하면서 통화하는 남자 되게 별로더라."

"미안요."

보조석에 앉아 있던 고은은이 일침에 수가 대뜸 사과했다.

틀린 말도 아니거니와, 웬만한 레이서 드라이버 뺨치는 와인딩 경험이 있는 고은은에게 따질 수도 없었다.

"얼마나 더 가야 해요?"

"거의 다 왔어요."

내부순환도로를 빠져나와 십 분 남짓 가자 고급 주택단지가 눈에 들어왔다.

수는 내비게이션이 친절하게 일러주는 주택 앞 공터에 주차했다.

"여기인 거 같네요."

차에서 내려 초인종을 눌렀다.

딩동!

잠시간이 흐른 후 굳게 닫혀있던 철문이 열렸다.

제대로 찾아온 걸 느낀 수와 고은은이 주택 안으로 들어섰다.

한눈에 봐도 고급 석재를 이용해 지은 외관에 시선을 빼앗기고 있던 찰나였다. 사치스러울 정도로 화려한 현관문이 열렸다.

"뭐야, 왜 둘이 같이 와?"

고가의 추리닝 차림으로 껄렁껄렁하게 맞이한 남자는 원

성진 4단이다.

"혼자 오긴 좀 외롭잖아요."

"……"

고은은이 팔꿈치로 수의 옆구리를 쿡 찌르더니 미리 사두었던 수제 과자세트를 내밀었다.

"드시라고 사왔어요."

"역시 제수씨밖에 없다니까. 얘는 후배가 돼서 영 예의가 없어. 일단 들어들 와요."

세 사람은 주택 안 거실로 자리를 옮겼다.

우드 계열의 장식장과 소파로 치장된 거실은 모던한 느낌이 강한 주상복합과는 사뭇 느낌이 달랐다. 세련됨은 부족하지만 눈이 편하고 마음이 안정되는 느낌이 들었다.

그중에서도 수의 눈길을 끈 건 거실 한가운데 놓인 비자나무로 만들어진 바둑판이다.

"주로 여기서 연구하시는 거예요?"

"뭐, 그런 셈이죠."

원성진 4단이 포트에서 커피를 내리며 대꾸했다.

그의 손길이 묻은 바둑판을 스윽 손으로 쓸어내렸다. 세월이 흘러도 색이 잘 바래지 않는 바둑판 곳곳이 패여 있었다. 패인 자국만으로도 그가 이 바둑판과 보낸 피와 땀이 전해졌다.

"자, 마셔."

커피를 건네받은 수가 따졌다.

"선배, 존대를 할지 반말을 할지 일관성을 갖고 써주시면
안 돼요?"

"불편해요?"

"네, 매우."

적잖은 시간을 마주하면서 지냈건만 반말과 존대를 섞어
하는 원성진 4단의 어투에 꽤 신경이 쓰이던 터다.

"그러지, 뭐."

"……"

아주 쿨하게 승낙해 버리는 원성진 4단을 보며 수가 할 말
을 잃은 듯 커피만 음미했다.

"결승전 다음 주지?"

수가 고개를 끄덕였다.

그 말대로 다음 주에 LIG배 기왕전 결승전이 예정되어 있
었다.

"조언이라도 해주시려고 부른 거 아니에요?"

"아니? 없는데?"

"……"

원성진 4단이 말을 이었다.

"뭘 조언이야? 그냥 잘 둬. 누가 더 철저하게 준비하고 연
구했느냐에 따라 갈리는 거지. 거, 아마추어도 아니고 그런
걸 묻냐? 그렇죠, 제수씨?"

"네, 뭐······."

"그딴 건 신경 끄고, 커피 다 마셨으면 앉아. 한판 두자."

자택으로 오라고 한 순간부터 수도 대국을 직감하고 있었다.

또 결승전을 앞두고 원성진 4단만큼 감각을 유지시켜 줄 수 있는 기사도 없는 만큼 수에게는 매우 감사한 일이었다.

"연구는 많이 했고?"

"기보가 적어서 쉽지 않아요."

두 사람이 대화를 나누며 돌을 가렸다.

수는 흑을, 원성진 4단이 백을 쥐었다.

"덤은 다섯 집 반, 제한 시간은 각자 한 시간씩, 콜?"

"네."

"제수씨, 초시계로 체크 좀 부탁드릴게요."

고은은이 염려 말라는 듯 고개를 끄덕였다.

자잘한 일을 마무리 지은 두 사람이 서로 마주 봤다.

꾸벅 예의를 갖추기가 무섭게 수가 돌을 집어 착점했다.

탁!

대국이 시작됐다.

상대 전적 1승 1패.

공식전은 아니지만 오늘로 세 번째 대국인만큼 누가 더 앞서가냐를 판가름할 수 있는 승부처이기도 했다.

수가 발 빠르게 포석을 펼쳤다.

실리보다는 큰 곳을 미리 선점해서 중후반에 불어닥칠 태풍에 맞설 채비를 했다.

반면 원성진 4단은 무겁고 진중한 바둑을 구사했다.

실리를 챙기면서 독사처럼 빈틈을 매섭게 찾는다.

'기풍이 변했어.'

이전의 원성진 4단의 바둑과 사뭇 다르다.

호전적이다 못해 상대의 맥을 파고드는 바둑이 아니다.

날카로움은 간직하고 있지만 완전한 계산이 서지 않으면 칼을 뽑아 들지 않는다.

곁에 있던 고은은이 받은 충격은 컸다.

'그 짧은 시일에 바둑이 이리 변할 수 있지?'

프로기사의 기력이란 건 하루아침에 급상승하지 않는다. 거북이걸음보다 더 느리게 오랜 인내의 시간을 거쳐야만 무르익는다.

그런데 준고에게 당한 패배 이후 원성진 4단의 바둑은 발전했다.

안 그래도 강했는데, 이젠 틈조차 보이지 않을 만큼 숨 막히는 바둑을 구사한다.

"놀랐지?"

대뜸 원성진 4단이 입을 열었다.

대국 중에 말을 거는 건 예의에 어긋나는 일이지만, 비공식 대국이기에 가능했다.

"네, 좀 많이요."

수도 인정하지 않을 수 없었다.

바둑기사가 자신의 기풍을 잃는 것만큼 큰일이 없다. 그런데 원성진 4단은 자신의 것을 유지하되 다른 것을 메워냈다.

"이런 날 이겨봐."

"그러려고요."

강하긴 하지만 패배를 생각하진 않았다.

상대의 강함을 인정하되, 승리하는 건 본인이 될 거라 믿어 의심치 않는다.

"여전히 건방지다니까. 네 말대로 무조건 이겨. 만약 이기지 못한다면……."

원성진 4단이 바둑판에서 눈을 떼지 않으며 의미심장하게 말했다.

"기왕전 타이틀은 준고가 가져가게 될 거야."

"……!"

수의 눈에 힘이 들어갔다.

Chapter 11

1

탁.

적막한 바둑판 위에 백돌이 놓인다.

원성진 4단의 손끝을 떠난 백돌은 아주 가볍게 놓이지만 형세를 본다면 전혀 그렇지 않다.

'무거워.'

목덜미까지 칼날이 들이밀어진 매서운 수다.

착실하게 쌓은 실리를 기반으로 흑의 두터움을 서서히 헐 겁게 만든다.

수는 슬쩍 원성진 4단의 안색을 살폈다.

속내를 알 수 없는 눈길이다.

'무서운 남자.'

준고에게 패배를 당한 이후 한 달도 채 지나지 않았다.

그 짧은 시간 동안 원성진 4단의 기풍이 변했다.

아니, 기풍이 변했다는 건 수의 느낌이다. 정확히는 예전에 비해 좀 더 유연한 바둑을 두게 되었다는 게 맞다.

물론 아직은 완성되지 않았다.

감히 원성진 4단과 동등한 레벨에 선 남자이기에 수는 자신있게 말할 수가 있었다.

그만이 발견할 수 있는 아주 사소한 틈.

수는 그걸 놓칠 만큼 만만한 남자가 아니었다.

'미안한 말인데, 과도기의 선배에게 지기엔 내가 너무 잘 돼서요.'

물론 지금 이 대국에 한해서 해당되는 말이다.

이 기세로 한 달, 두 달이 지난다면?

그때는 승산을 장담할 수 없을 것이라고 감히 단언할 수 있다.

"후우! 졌다."

굳이 계가를 하지 않아도 어림잡아서 형세 판단이 된다.

변수를 감안하더라도 석 집의 격차를 좁힐 만한 구석이 바둑판 어디에도 보이지 않았다.

"잘 됐습니다."

수가 꾸벅 예의를 갖췄다.

라이벌이자 경쟁자이기도 한 수의 실전 감각을 유지해 주고자 이런 배려까지 해주는 기사는 원성진 4단이 유일할 것이다.

곁에서 관전하던 고은은이 넋이 나간 표정을 짓고 있었다.

"저기, 은은 씨?"

"아!"

수가 손을 휙휙 젓자 그제야 정신을 차렸다.

"뭘 그리 골똘히 생각해요?"

"그냥 두 분 너무 잘 두시는 거 같아서요. 전 수읽기 따라가는 것도 너무 벅차서……."

고은은은 좁히려야 좁힐 수 없는 격차를 실감했다.

바둑을 손에서 놓았다고는 하지만 시간이 날 때마다 수와 대국을 하고 복기를 하며 최소한의 감각은 잃지 않고자 애썼다.

'분해.'

수와 원성진 4단은 세계 정상급 수준의 기사다.

격차가 있다는 사실은 인정하지만 그걸 쫓지 못하고 멀찌감치서 바라볼 수밖에 없는 처지가 너무 비감스러웠다.

'바둑이 너무 두고 싶어.'

괜스레 서러움이 밀려왔다.

툭.

어깨 위에 얹어지는 따뜻한 손길에 고은은이 고개를 스윽 돌렸다.

다 안다는 듯이 수가 포근한 미소로 위로를 해주고 있었다.

'그래, 좀만 더 기다리자. 이 사람을 믿고.'

본의 아니게 말랑말랑한 분위기가 조성되자 원성진 4단이 삐딱한 자세로 못마땅함을 표현했다.

"남의 집에서 잘들 논다."

그제야 무안함을 느낀 수와 고은이 아무렇지 않은 척 굴었다.

원성진 4단이 바둑판을 손가락으로 툭툭 가리키며 말을 던졌다.

"걔가 이렇게 됐다."

"네?"

"일본 꼬맹이, 준고. 지금 내가 둔 바둑처럼 걔가 두었다고. 너도 기보를 봤으면 알 거 아냐?"

"......!"

수가 뒤통수를 얻어맞은 듯 깜짝 놀랐다.

달라진 원성진 4단의 기풍에만 신경을 쓰느라 준고와의 유사점을 생각지 못한 것이다.

'그러고 보니 놀랍도록 흡사했어.'

준고의 바둑은 어긋남이 없다.

일본 언론을 통해 컴퓨터 바둑이란 별명이 붙을 만큼 한 치의 오류나 오차가 없는 완벽에 가까운 바둑을 구사한다.

그러면서도 허점이 생기면 이빨을 드러낸다. 실수가 없는 완벽한 수읽기를 기반으로 상대의 목덜미를 물어 숨통을 끊어놓는다.

'수비 바둑.'

축구도 아니고 바둑에 이런 말이 어울릴지는 모르겠다.

그러나 이 표현이야말로 딱 적합하게 느껴진다.

천년거암처럼 완고한 수비 바둑 이후에 이어지는 역습의 형태는 축구의 그것과 매우 흡사했다.

원성진 4단이 으쓱해 보였다.

"진 건 억울하긴 한데, 패배에서도 배울 건 배워야지. 안 그래?"

"그거야……."

톱 기사가 무명의 신인 기사에게 졌다.

수에게 당한 패배를 생각하면 무려 초단에게 이 연패를 당한 것이다.

그것만으로도 슬럼프에 빠질 요건은 충분하다.

상당수의 프로 바둑기사가 슬럼프에 빠지면 짧으면 몇 개월, 길면 몇 년씩 헤매기도 한다.

그런 전례로 볼 때 원성진 4단의 자세는 모든 기사의 귀감이 될 만했다.

"그러니까 네가 가져가, 기왕전 타이틀. 딴 놈 주지 말고."

마치 물건 주듯 휙 던지는 타이틀에 수가 피식 웃으며 대꾸했다.

"기왕전만요?"

"뭐?"

"입단 첫 해에 9단이 된 최초의 기사 정도는 되어줘야 어깨에 힘주지 않겠어요?"

자신만만한 수의 태도는 자기 잘난 맛에 사는 원성진 4단조차 질리게 만들었다.

"갈수록 애가 밉상이 되냐? 그깟 허울뿐인 단증 가져가든 말든 가라, 이제."

"같이 저녁 안 먹고요?"

어느 새 노을이 지고 있었다. 겨울이다 보니 해가 짧기도 했지만, 긴 시간 대국을 두다 보니 시간이 훌쩍 지난 것이다.

"다이어트 중이다."

"하여간, 별걸 다 하서. 가죠, 은은 씨."

"네."

자리에서 일어나 막 거실을 빠져나가려던 때였다.

부엌에서 물을 마시던 원성진 4단이 턱짓으로 소파 위에 있는 기보를 가리켰다.

"저거 가져가고."

"누구 기보예요?"

"준고."

"……!"

수가 깜짝·놀라서 기보에 적힌 이름을 확인했다.

맨 상단의 대국자 이름에 일본어로 초단 준고라는 이름이 적혀 있었다.

원성진 4단이 물을 홀짝이며 건성으로 말했다.

"일본에 나랑 친한 기사가 있거든. 난 연구할 만큼 해서 더 뽑아 먹을 것도 없어. 너 가져."

"……성진 선배."

수는 고마움에 말을 잇지 못하고 말없이 그를 쳐다보기만 했다.

지피지기면 백전백승이라고 해다.

안 그래도 공식 경기 기록이 적어 준고를 연구할 기보도 한 정적이었던 수의 입장에서는 이보다 더한 선물은 없을 것이다.

"고마워요."

"뭘 그리 징그럽게 쳐다보며 고맙다고 하냐? 됐으니까 가라."

늘 이런 식이다.

남에게 베풀 줄은 아나, 고맙다는 말조차 듣는 걸 어색해한다.

'매번 받기만 했어.'

돌아보면 수는 도움만 받아왔다.

원성진 4단을 위해 해줄 수 있는 걸 고민하니 한 가지가 생각났다.

"선배."

"말이 길어. 안 가냐? 문 열어주리?"

일부러 툭툭 내뱉는 원성진 4단을 향해서 말을 꺼냈다.

"다음 주에 소개팅하실래요?"

질문을 던지자마자 피드백이 왔다.

빈 컵을 싱크대에 내려놓던 그가 축지법을 쓰듯 한걸음에 수에게 다가왔다.

"너 지금 뭐라고 했어? 소개팅?"

"네, 생각 있어요?"

한 번 더 의중을 묻자 원성진 4단이 덥석 수의 손을 잡더니 아주 반색한다.

"그럼! 생각이 많다 못해 넘칠 지경이지."

"……."

수는 보았다.

어느 때보다도 간절해 보이는 원성진 4단의 눈을.

2

LIG배 기왕전 결승전 제1국이 있는 날.

드레스룸에 놓인 전신 거울 앞에 수가 섰다. 오늘을 위해 따로 주문 제작한 정장을 차려입은 모습은 평소와 달리 긴장되어 보였다.

"긴장돼요?"

고은은이 삐뚤어진 옷매무새를 고쳐 주며 물었다.

"살짝?"

"좋은 거예요. 책에서 보니 약간의 긴장감은 사람을 더 집중하게 만들어준대요. 됐다, 누구 남자인지 모르지만 훤칠하네요."

긴장을 풀어주고자 하는 우스갯소리에 덩달아 수의 입가에 미소가 걸렸다.

"다녀올게요."

"못 가서 미안해요. 하필 오늘 촬영이 있어서."

고은은은 오늘 단역으로 출연하기로 한 영화 촬영이 있다. 말 한두 마디가 다일 정도로 비중은 적었지만 소속사를 통해 섭외가 된 만큼 빠질 수는 없는 노릇이다.

"다 이해해요."

"사랑해요, 수 씨."

마지막 포옹을 끝으로 수는 현관을 나섰다.

특별한 날인만큼 개인적인 스케줄임에도 매니저 승원이 마중 나왔다.

"안 와도 괜찮다니까."

"어떻게 그래요? 우승하시라는 응원이라 생각하십시오."

결국 수는 밴을 타고 결승이 치러지는 LIG기업 산하의 호텔로 이동했다.

따로 주최 측의 도움을 받아 주차장을 통해 대기실로 이동했다.

숨을 돌리고 얼마 지나지 않아 결승전을 앞두고 공개기자회견이 진행된다고 했다.

'이젠 이것도 익숙하네.'

중국 언론이 발칵 뒤집힐 만큼 파격적인 기자회견을 경험하고 나니 이런 종류의 일에 아무런 부담감이 느껴지지 않았다.

"결승전에서 맞붙게 될 두 기사 소개합니다."

진행자의 호명에 맞춰서 반대편에서 대기하고 있던 수와 준고가 무대 위로 올라왔다.

점차 가까워져 하나의 테이블을 놓고 나란히 앉기 직전 두 사람의 눈빛이 부딪쳤다.

'변명거리는 많이 생각해 두셨어요?'

'너야말로.'

속마음을 감춘 채 미소를 지으며 마련된 상석에 앉았다.

올해 첫 세계기전이자, 세계 6대 기전으로 손꼽히는 LIG배 기왕전에 주목하는 바둑 마니아들을 대표한 한중일 기자들의 질문이 쏟아졌다.

"한국과 일본을 짊어질 차세대 기사들의 첫 진검 승부란 얘기가 많습니다. 라이벌이 될지도 모를 상대 기사에게 하고 싶은 말 한마디씩 부탁드려도 될까요?"

질문을 받고 첫 답변을 위한 마이크는 준고가 먼저 들었다.

"차세대 기사라는 말씀은 저한테 과분하네요. 전 아직 많이 부족합니다. 허리를 숙이고 많은 걸 배울 수 있도록 노력하겠습니다."

오늘도 준고는 겸손한 척 가식적인 멘트를 날렸다. 그러면서도 속으론 비웃었다.

'애들 장난 수준의 기전 따위야, 우승 못하는 게 더 웃긴 거 아냐?'

다음은 수의 차례였다.

마이크를 쥐더니 의미심장한 표정으로 오히려 기자들에게 질문을 던졌다.

"이거 한일전 아닌가요?"

"……!"

수가 여유로운 미소를 머금었다.

"지면 안 되죠. 명색이 한일전인데."

꽉 막힌 속을 뚫어버리는 듯한 일침에 한국 기자들이 탄성을 터뜨렸다.

한일전!

어떤 미사여구도 필요 없다.

또 과정도 중요치 않다.

한일전으로 압축될 수 있는 이 세 글자만으로 결승전에 임하는 수의 각오를 엿볼 수가 있다.

맨 앞줄에 있던 김수진 기자가 다음 질문을 던졌다.

"대대로 기왕전은 제1국을 승리한 자가 타이틀을 가져간 경우가 많은데요, 그 비율이 무려 89%나 됩니다. 1국에 임하는 태도가 남다를 수밖에 없을 텐데요?"

기왕전 결승은 5전 3승제다.

단판이 아니고 닷새 동안 이어지는 대국인 만큼 승승패패승, 승패승패승 등 영화보다 더 영화 같은 명승부가 줄을 이었다.

다시 말해 승부의 행방을 점치기 힘들다는 의미다. 그럼에도 불구하고 첫 승을 챙기는 쪽이 무려 89% 확률로 타이틀을 차지했다는 통계는 의미하는 바가 컸다.

"제가 먼저 대답하죠."

준고가 통역을 거치는 동안 먼저 마이크를 잡은 건 수였다. 고민할 필요도 없다는 듯 자신만만하게 얘기했다.

"통계는 통계일 뿐이죠. 그런 것에 연연하지 않습니다."

통계는 확률이다.

그러나 확률은 절대적일 수가 없다.

왜냐하면 그게 바둑이니까.

수가 잠시 숨을 고르고 말을 이었다.

"마지막에 웃는 건 저일 겁니다."

과정이 아닌 결과로 말한다.

아마추어가 아닌 프로의 세계에서 가장 중요한 잣대다. 수는 그걸 언급하고 있었다.

"아아."

통역을 거쳐서 질문을 전해 들은 준고가 다음 차례로 마이크를 집었다.

"저도 확률은 큰 의미가 없다고 생각해요. 최선을 다하고, 배우고 싶습니다. 전 아직 어리고, 지금이 아니더라도 더 기회가 있을 테니까요."

초지일관 준고는 자신을 낮추며 겸손을 떨었다.

그런 자세를 일본인들은 좋아했다.

기자회견이 끝나고 나면 일본 기자들은 돌아가 승패와 상관없이 기사를 쓸 것이다.

차세대 일본을 짊어갈 세계적인 기사, 끊임없이 배우려는 자세가 성장의 원동력!

한국 언론의 설레발 못지않은 일본이기에 더더욱 그럴 게 뻔했다. 하물며 십 년 만에 일본이 기대하는 최고의 차세대 주자니 호의적인 기사가 쏟아질 것이다.

'미안한 말이지만, 희망 고문으로 남게 해주지.'

결승전에 임하는 수의 각오는 비장했다.

오늘만큼은 꼭 이기고 싶은 대국이다.

십여 분 조금 넘게 이어지던 기자회견이 마무리가 되었다.

대국은 호텔 고층에 따로 마련된 로열 스위트룸에서 둔다.

철저하게 외부인이 통제되며 대국이 두어지는 시간 동안은 해당 층의 고객 관리도 이루어진다. 기사들에게 세계 6대 기전이라는 명성에 걸맞는 환경을 제공하는 것이다.

수는 로열 스위트룸의 방 하나를 대기실로 활용하여 대국을 준비했다.

"……."

가부좌를 틀고 앉아 명상에 심취했다.

전문적으로 명상을 배운 적은 없으나, 몸에 힘을 쭉 빼고 호흡을 하는 것만으로도 잡념이 지워지고 집중력을 끌어 올릴 수가 있었다.

'드디어 여기까지 왔어.'

수가 느끼기엔 더디기만 했지만 다른 이들의 눈에 눈 깜짝할 새다.

입단과 동시에 세계 6대 기전의 결승 진출이라니.

기염을 토해도 모자랄 만큼 어마어마한 성과를 이룩한 셈이다.

'조금만 더 올라가자.'

이제 마지막 고비가 남았다.

이 고비를 넘어서게 되면 세계 정상급 기사로 당당하게 서게 되는 셈이다.

그리되면…….

'아버님에게 조금은 면이 설 수 있어.'

물론 그렇다고 해서 리밍의 성에 찰 일은 없을 것이다. 상해에서 날고 긴다는 중국의 갑부 자제들을 고은은의 짝으로 여겼는데, 한낱 프로 바둑기사가 마음에 들 리는 없다.

그래도 상관없다.

수는 더 올라갈 것이고, 언젠가 리밍도 인정을 해줄 거라 믿었다.

지이잉!

막 명상을 끝내려는데 휴대전화 진동이 울렸다. 원성진 4단이 보낸 문자메시지다.

지면 죽는다.

첫 줄을 읽은 수가 피식 웃었다.

"뭔 응원을 이리 살벌하게 한대?"

소개팅 잊지 마라.

두 번째 줄을 읽자 다른 의도로 문자메시지를 보낸 게 아닌지 저의가 의심스러웠다.

"어련히 알아서 해줍니다."

그래도 원성진 4단의 문자메시지 덕분에 긴장감이 싹 풀렸다.

잠도 잘 잤다. 부담감도 느껴지지 않는다. 더 이상의 베스트 컨디션은 없다는 생각이 들 정도다.

"삼 분 뒤에 대국 시작합니다! 나오셔서 대기해 주세요!"

수가 방을 나와 로열 스위트룸 거실 가운데에 마련된 최고급 원목 소파에 앉았다. 엉덩이부터 허리를 감싸 안는 느낌이 들 정도로 안락하다.

이어서 준고도 나왔다.

바둑판을 사이에 두고 마주 앉은 두 사람은 말이 없다. 정확히는 말이 필요 없다. 어차피 바둑으로 못 다한 대화를 나눌 거니까.

곧 이어 계시원이 바둑판 모퉁이 위에 앉았다. 초시계가 아닌, 컴퓨터 스크린을 통해서 기보를 적고 초읽기를 표기한다.

"대국 시작하겠습니다."

계시원이 말이 떨어지기가 무섭게 돌을 가렸다.

촤르륵!

흑의 준고, 백의 수다.

두 사람은 마음에도 없는 형식적인 인사를 꾸벅 나누었다.

탁.

첫 수는 왼쪽 상단의 소목.

올해 첫 세계기전 타이틀이 걸린 매치 제1국이 드디어 시작됐다.

3

호텔 연회홀.

기자회견이 열렸던 단상 위엔 큼지막한 바둑판이 놓였다.

바둑계의 명콤비 김성용 8단과 조혜연 2단이 기자들을 대신해 이곳을 가득 채운 백여 명의 바둑 마니아를 위해 해설을 하고자 준비한 것이다.

"한일 양국이 기대하는 두 기사가 드디어 정상에서 만났는데요, 과연 어떤 승부가 이어질까요?"

"난해한 질문이네요. 글쎄요, 치열한 승부가 되지 않을까요?"

"호호, 바둑 팬분들이 원한 대답은 아니네요."

"질문이 이상했던 겁니다."

농담 따먹기로 볼 수도 있는 담화였지만, 오늘 대국에선 꼭 필요한 요소다.

제한 시간 각각 두 시간.

초읽기를 감안한다면 최소 네 시간이 넘는 초장고 바둑인 까닭이다.

아무래도 속기 바둑이 대세가 되며 장시간 한자리에 앉아 장고 바둑을 즐기는 바둑 마니아들도 많이 줄고 말았다.

자칫 지루해질 수 있는 공산이 큰 만큼 해설자와 진행자의 콤비가 이루어낼 위트는 빼놓을 수 없는 요소 중 하나였다.

"초반 포석은 아주 편안하네요."

"탐색전이죠. 아무래도 지금 두어지고 있는 대국의 무게 때문에라도 경솔하게 둘 수는 없을 겁니다."

바둑은 정말 더디게 앞으로 나아갔다. 초반 포석임에도 불구하고 넉넉한 제한 시간을 십분 활용하여 고민을 하고 착점했다.

삼십 분 남짓 지날 무렵에서야 초반 포석의 윤곽이 잡혔다.

"형세가 어떤가요?"

"비등비등하긴 한데, 미세하게 백이 나은 것 같네요."

"이유가 있나요?"

"실리는 조금 부족하긴 한데, 중앙의 두터움이 좋습니다. 저라면 백을 잡을 때 조금 더 기분이 좋을 거 같네요."

바둑은 이제 막 초반에서 중반으로 넘어가는 길목이다. 지금의 우위는 손바닥 뒤집듯이 바뀔 수 있을 만큼 사소한 격차다.

탁!

흑이 중앙으로 한 칸 뛰었다.

지금까지 널널하게 해설을 하던 김성용 8단의 눈빛이 바뀌었다.

"드디어 시작됐군요."

"무슨 말씀이신지?"

김성용 8단이 돌을 집어 바둑판 위에 놓으며 설명했다.

"흑은 귀와 변이 막히니 필연적으로 중앙을 택하게 된 거죠. 두터움의 백은 그걸 가만히 둘 리가 없을 테니까요."

"아하! 흑과 백이 부딪치게 된다는 얘기군요. 중앙의 승부는 어느 쪽으로 기울게 될까요? 대국을 보도록 하겠습니다."

4

'역시 중앙이야.'

흑이 중앙으로 한 칸 벌려 뛴 것을 보며 수는 직감했다.

너무나 무난하게 포석이 진행된 만큼 앞으로 흑과 백이 집을 놓고 다툴 유일한 토지는 중앙밖에 남지 않은 까닭이다.

'한 치의 어긋남도 없다.'

수는 이미 포석 단계에서 중앙의 접전까지 고려를 하고 있었다.

그 덕택에 실리는 좀 잃었지만 두터움을 챙겼다. 두터움은 향후 있을 중앙에서 싸움에서 유리한 기반이 되어줄 것이다.

탁!

흑돌이 놓였다.

준고의 기풍을 엿볼 수 있는 수다.

모양을 갖추기가 무섭게 안정적인 선에서 삭감을 감행한다.

'절대 무리하지 않는 기풍이지.'

원성진 4단에게 건네받은 준고의 기보가 해지도록 분석하고 연구했다. 미친 듯이 놓아보며 생각을 하다 보니 어느 정도 준고의 바둑을 이해하게 됐다.

'확실하지 않으면 승부를 걸지 않을 거야.'

그 말은 반대로 접근하면 여지를 주지 않으면 된다는 말과 진배없다.

탁!

재차 흑돌이 놓였다.

'어? 어!'

수는 그만 깜짝 놀라고 말았다. 생각지도 못한 곳에 돌이 놓인 까닭이다.

'여길 젖혀?'

지금 공방이 이루어지는 곳은 백의 세력권이다. 곤마나 다름없는 흑은 공격을 받을 수밖에 없는 입장이다. 흑에게 절대적으로 유리하지 않은 진형이다.

'어째서지? 확실하지 않은 싸움을 거는 스타일이 아닌데?'

익히 수가 연구한 기풍과 너무 다르다 보니 의문이 들 수밖에 없었다.

탁! 탁! 탁!

수순이 교환될수록 그 의문은 더욱 증폭이 되었다.

그러나 수는 한 번의 무리수로 인해 벌어진 격차를 쉽게 메울 수 있을 만큼 만만한 상대가 아니다.

"……."

준고는 좀처럼 손을 뻗어 착점을 하지 못했다.

장고가 이어졌다.

150수가 넘어간 시점에서 제한 시각의 3/4를 모두 소진시켜 버렸다.

그건 상관없다.

문제는 좀처럼 나아지지 않는 형세다.

백의 진영에 무리해서 삭감을 들어갔던 곤마의 생사가 위태로울 지경이다.

다시 수순이 놓인다.

장고에 장고를 거듭하며 둔 수였지만, 곤마의 안형(眼形)을 확보하기엔 이미 늦은 뒤였다.

탁!

수는 생명줄을 끊는 맥점을 두었다.

더는 살 길이 없다.

막다른 길에 내몰린 준고가 고개를 떨구며 패배를 시인했다.

"졌습니다."

"……."

너무도 허무한 승리에 수는 할 말을 잃고 말았다.

Chapter 12

1

'내가 이겼다고?'

너무도 허무한 승리였다. 칼을 갈고 분석을 한 시간이 아까울 정도로 쉽게 이기고 말았다.

준고는 쓴웃음을 지으며 바둑판 중앙을 지목했다.

"여기서 젖힌 게 패착이었어요."

이견을 달 여지가 없다. 바둑을 좀 둘 줄 아는 사람에게 물어보면 백이면 그 수를 패착으로 지목할 게 뻔하니까.

촤르륵.

돌을 정리한 준고가 먼저 대국실을 나섰다.

좀 더 시간이 지나고 나서야 수는 이겼다는 실감이 들었다.

"수 씨! 첫 승을 따내셨는데요? 기분이 어떠십니까?"

"사진 좀 찍겠습니다!"

대기 중이던 기자들이 불계승 소식을 전해 듣자마자 대국실로 몰려들어 인산인해를 이뤘다.

몇몇 일본 기자가 풀이 죽은 준고의 뒤를 쫓을 뿐 기자들의 포커스는 승자인 수에게 쏠려 있었다.

"저도 이렇게 쉽게 이길 줄은 몰랐습니다. 아무래도 흑이 중앙에서 젖힌 수가 무리수가 아닌가 싶네요."

"역시."

"제1국을 따셨는데요. 통계를 안·꺼낼 수가 없네요. 어떠십니까? 통계대로라면 90%에 육박하는 확률로 우승을 바라볼 수가 있게 되었는데, 이 점에 대해선 어떻게 생각합니까?"

"앞서 밝혔다시피 통계는 통계일 뿐, 현재를 대변하진 않습니다. 최선을 다해서 이기도록 할 생각입니다."

이제 겨우 결승전 다섯 판 중 제1국이 끝났을 뿐이다.

과거의 전례가 있다곤 하지만 샴페인을 터뜨리기엔 너무 이른 면이 있다.

더구나 걸리는 점도 있다.

'중앙에서 젖힌 수는 준고답지 않았어.'

대국이 끝나고 나서도 머릿속에서 의문이 떠나지를 않았다.

지난 몇 주간 철저하게 분석한 준고의 기풍이라면 절대 거기서 무리하게 젖히며 싸움을 거는 일은 없었을 것이다.

그런데도 거길 두었다는 건 아직도 이해가 가지 않는다.

수가 인터뷰는 마치고 스위트룸 옆에 따로 마련된 대기실로 들어왔다.

소파에 앉아 날이 곤두선 긴장감을 풀어놓는데 휴대전화 진동이 울린다.

지이이잉!

발신인은 원성진 4단이다.

"네, 저예요."

―지금쯤이면 딱 받을 줄 알았지.

수많은 세계기전을 경험한 그였기에 이 정도 시간이 지나면 수가 전화를 받을 수 있을 거라는 것을 아는 듯했다.

수가 대뜸 한숨을 내쉬었다.

"하아. 첫 승 축하는 은은 씨한테 받고 싶었는데……."

―끊을까?

"소개팅은 없는 걸로."

―치사한 새끼.

잠시 논점에서 벗어났던 대화가 다시 본론으로 돌아왔다.

―너도 느꼈지? 평소의 개답지 않은 바둑이었어.

"긴장해서 실수라도 했던 걸까요?"

프로 바둑기사라고 해도 어디까지나 사람이다.

세계기전의 결승이라는 부담감과 압박감이 작용을 했을지

도 모른다. 기력을 떠나서 준고는 아직 15살의 어린 소년이니까.

'정말 실수였던 걸까?'

수는 마음속으로 재차 반문했다.

세계 최정상급의 기사들이라고 해도 바둑을 두다 보면 수읽기 실수가 빈번하게 발생한다. 오죽했으면 실수가 가장 적은 기사가 가장 잘 둔다는 말이 있을 정도다.

―그거야 모르지. 근데 실수 같진 않았다.

"저도 그렇게 느꼈어요."

그러나 실수가 아니라면 설명이 될 수 없다.

반대로 접근을 해봤으나 상식적으로 납득이 되지 않는다.

'고의로 뒀다? 일부로 지려고?'

세계기전 결승전이다. 준고가 오만하고 상대방을 기만하는 것을 즐기긴 하나, 매 판의 중요성이 부각되는 대국에서 그런 배짱을 부렸을 거라곤 쉬이 생각되지 않는다.

'만약 내 짐작이 맞는다면, 날 만만하게 본 거겠지.'

기분이 조금 상했지만 크게 신경 쓰지 않는다.

프로 바둑기사는 결과로 말한다.

결국 타이틀을 가져가는 쪽이 진짜 승자다.

―늦었지만 이긴 거 축하하고, 내일도 이겨라.

뚝!

휴대전화를 바지주머니에 밀어 넣은 수도 소파에서 일어

났다.

몸보다 마음이 편한 곳.

세상에서 가장 편한 보금자리인 고은은의 곁에서 쉴 참이다.

2

호텔 고층에 위치한 스위트룸.

LIG배 기왕전 결승전에 진출한 준고와 그의 아버지 슈헤이가 머무는 객실이다.

삐!

카드키로 잠금을 해제한 준고가 들어왔다.

패배의 여파 때문인지 뒤이어서 따라오는 슈헤이의 표정이 심각했다. 반쯤 넋이 나간 동공은 초점이 잡히질 않는다.

쿵!

객실 문이 닫히자 준고가 돌아섰다. 싸늘하게 가라앉은 눈길은 10대의 그것이라고 보기엔 너무 차갑고 깊었다.

"또 돈 걸었더라?"

"……!"

슈헤이의 눈동자가 사정없이 흔들렸다. 반사적으로 마른침을 꿀꺽 삼킨다.

"그러니까 있잖아, 준고. 아빠는 그게……."

"하지 말랬지. 하지 말라고 했잖아!"

준고가 목청껏 윽박을 지른다.

움찔!

슈헤이가 어깨를 떨었다.

자식의 호통에 어째서인지 부모인 슈헤이는 한마디 말도 하지 못하고 입술만 움짝달싹 거렸다.

"아, 아빠는 한 푼이라도 더 따서 빚 갚으려고……."

"내가 번다고! 상금 나오는 걸로 빚 다 갚아준다고 하잖아! 근데 그걸 못 기다려? 그러다 걸리면 어쩔 건데!"

"……."

슈헤이는 꿀 먹은 벙어리가 되었다.

입이 열 개라도 할 말이 없다.

몇 년 전 오사카에서 사업을 하던 슈헤이는 일이 잘 풀리지 않아 막대한 빚을 졌다. 그 과정에서 사채에 손을 대게 되며 빚이 눈덩이처럼 불어났다.

결국 슈헤이와 준고는 야반도주를 감행했다.

일본 전역을 도망 다니다 보니 천재적인 두뇌를 지녔다는 준고임에도 제대로 된 교육을 받을 수가 없었다.

그 과정에서 슈헤이는 사설 도박에 손을 대게 됐다.

신용 불량자인 그의 입장에서는 일용직으로 번 돈으로 일확천금을 꿈꾸려면 사설 도박이 전부였다.

"내가 왜 바둑을 뒀는지 잊었어? 아빠가 나흘간 섬에서 목

숨 걸고 일한 값, 내기 바둑으로 날려서 그거 받아 오려고 시작한 거야. 잊었냐고!"

준고의 목에 핏대가 섰다. 겨우 억누르고 있던 분한 감정이 터진 것이다.

그랬다.

준고는 먹고살기 위해서 어깨너머로 바둑을 배우기 시작했다.

학교도 제대로 다닐 수 없는 처지였고 나이도 너무 어려 아르바이트로도 써주지 않은 상황에서 선택할 수 있는 최선이었다.

천재적인 두뇌는 바둑을 스펀지처럼 흡수했다. 따로 정석을 외우지 않고, 배우지 않았음에도 슈헤이를 따라간 기원의 내기 바둑을 보며 제 것으로 만들었다.

불과 한 달도 채 되지 않아 슈헤이를 넘어선 준고는 본격적으로 내기 바둑을 두기 시작했다.

한 판에 무려 만 엔이 넘는 돈을 걸고 하루에도 수십 판씩 두었다.

처음엔 코흘리개 어린애라며 만만하게 보던 내기꾼들이 준고에게 연전연패로 돈을 잃더니 슬슬 대국을 피했다.

슈헤이는 아들의 천재성을 알아보곤 일본 전역의 기원을 떠돌며 내기 바둑을 두었다.

그 과정에서 준고의 바둑은 하루가 다르게 강해졌다.

각종 꼼수와 변칙수가 난무하는 내기 바둑에서 철저한 실전 바둑을 체득하게 되었다.

그러나 생활은 나아지지 않았다.

내기 바둑으로 돈을 땄지만 그것만으로는 늘어나는 이자를 감당하기에도 벅찼다.

하물며 내기꾼들은 상대가 본인보다 강하다고 인식하면 절대 더 두려고 하지 않았다. 자연스럽게 준고의 상대도 줄어들 수밖에 없었다.

아마 이때부터였을 것이다.

준고는 최대한 자신을 낮추고 엉성하게 보이도록 만들었다.

어리바리하고 늘 자신감이 없는 듯이 고개를 푹 숙이고 있었다. 누가 바둑이라도 한판 두자고 하면 겁을 집어먹은 표정을 먼저 지었다.

본인을 약자로 포장을 해야만 돈이 오가는 내기 바둑의 판에 앉을 수가 있다는 걸 깨달았기 때문이다.

'내가 만만해 보이냐? 비리지 같은 새끼들.'

그때부터 준고의 인성이 비뚤어졌을 것이다.

자신을 만만하게 보고 덤비는 상대방을 무참히 깔아뭉개며 우위에 섰다는 희열을 느꼈다.

그러나 그것도 한계에 봉착했다.

준고에 대한 소문이 내기꾼이나 도박사들 사이에 알려지

기 시작한 것이다.

다시 돈을 벌 길이 막막해지자 프로바둑 세계로 눈을 돌렸다.

이유는 간단하다.

기전의 우승 상금이다.

또 프로기사라는 타이틀만 지니고 있다면 지도 대국 한 판에 몇 만 엔은 우습게 받을 수가 있었다.

그런데…….

슈헤이가 제 버릇을 못 고치고 또 인터넷 불법 도박에 손을 댔다.

일본기원의 규정상 불법 도박과 관련된 프로 바둑기사는 영구 활동 정지를 당하고 만다. 겨우 찾은 살길을 슈헤이가 돈 몇 푼에 눈이 멀어 날려 버릴 수도 있는 것이다.

"미, 미안해. 아빠가 두 번 다시는 안 그럴게. 응?"

"……."

준고는 그 말을 믿지 않는다.

이미 몇 번이나 몰래 배팅을 했고 그럴 때마다 준고가 사전에 찾아내 막았다.

"마지막 경고야."

"응, 그럼. 다신 안 하마. 아빠 믿어주라."

또 속아준다.

미워도 아버지이기에.

준고가 좀 누그러진 걸 눈치챈 슈헤이가 얼른 화제를 전환한다.

"근데 준고, 아빠가 궁금해서 그런데, 오늘 대국은 일부러 진 거니?"

"어."

생각할 필요도 없다는 듯 일 초 만에 대답이 튀어나왔다.

"삼 전 삼 승에 돈을 걸었겠지."

"그, 그걸 어떻게……."

세상 누구보다 준고의 바둑에 믿음을 가진 사람이 바로 슈헤이다.

천 판이 넘는 내기 바둑을 두면서 패배를 당한 게 손으로 꼽는다. 입단을 한 이후에도 9할이 넘는 승률을 보이고 있으니 어찌 신뢰하지 않을 수가 있겠나.

'내 돈 십만 엔이 날아가는구나.'

슈헤이는 속이 쓰렸지만 차마 준고 앞에선 내색하지 못했다.

"괜찮아? 결승전인데 아빠 때문에 한 판을 져서……."

"상관없어."

준고는 창가 옆 소파에 눕듯이 몸을 맡기더니 휴대용 게임기를 꺼냈다.

손가락을 바삐 움직이며 게임을 즐기던 준고가 심드렁하게 말했다.

"실컷 좋아하라고 해. 그래야 지고 난 뒤 표정이 더 볼만하니까."

한껏 상대의 기를 살려놓고 처참하게 밟는다.

똥 씹은 얼굴을 보며 느끼는 희열!

준고가 유일하게 찾은 분출구다.

3

LIG배 결승전 제2국.

장소는 어제와 동일한 호텔 최상층에 위치한 로열 스위트룸을 개조한 대국실이다. 오늘도 그곳에 수와 준고가 바둑판을 끼고 마주 앉아 있었다.

대국이 있기까지 남은 시간은 오 분 남짓, 그 여백을 틈타 준고가 말을 걸어왔다.

"어젠 너무 잘 두셔서 깜짝 놀랐어요."

실력을 칭찬하는 것 같으나 본질은 비아냥거림에 가까웠다.

수도 지지 않고 맞받아쳤다.

"너야말로 기대보다 못 두던데?"

"어? 기대 많이 하셨구나. 이거 왠지 죄송해지네."

얄밉다는 생각이 들었지만 수는 철저하게 무시했다. 이런 무의미한 신경전에 심력 소모를 할 이유가 어디에도 없는 까닭이다.

'잠도 잘 잤고, 컨디션도 좋아.'

연전은 처음이지만 느낌이 나쁘지 않았다.

계시원이 자리에 앉고 머지않아 정각이 되자 사인이 떨어졌다.

"대국 시작해 주세요."

수가 한 움큼 흑돌을 집어서 바둑판 위에 올렸다.

촤르륵!

돌 가리기 결과는 어제와 마찬가지로 수가 백, 준고가 흑을 쥐게 되었다.

바둑통을 서로 바꾼 두 사람이 고개를 숙이며 예의를 갖췄다.

선수를 잡은 준고의 첫 수로 왼쪽 소목에 두었다.

탁!

수도 상단의 화점을 차지했다.

실리적인 측면에서는 소목에 미치지 못하지만 두터움을 차지하겠다는 의중이다.

탁! 탁! 탁!

시간 차를 두고 흑돌과 백돌이 번갈아가면서 큰 자리를 점한다.

백을 쥔 수가 정석의 교환 과정에서 반발을 했었지만 큰 이득을 취하진 못했다.

혹도 이에 질세라 변화를 꾀한다.

하지만 백이 단단하게 서로 불만이 없는 선에서 타협했다.

호각지세(互角之勢).

초반 포석에 단계 불과했지만 어느 한쪽도 쉽게 우위를 점하지 못했다.

'어제는 실수였다 이거지?'

수는 어제의 패착을 실수로 단정 지었다.

아직 초반 포석 단계에 불과하지만 수순이라거나 큰 곳을 선점하는 감각이 이제껏 만난 어느 프로 바둑기사보다도 뛰어났다.

인성은 그릇됐지만 준고의 기력만큼은 의심의 여지가 없다.

'그렇게 나와야 나도 상대할 맛이 나지 않겠어?'

은은한 긴장감이 차오르며 수의 몸속에 흐르는 피가 뜨거워졌다.

악감정을 떠나서 순수하게 진검 승부를 나누는 이 순간만큼은 수도 즐기고 있었다.

4

"두 기사 대국 흥미진진하네요. 흑은 두터움을, 백은 실리를 가져가고 있습니다."

"어느 한쪽이 낫다고 우열을 가리긴 힘드나요?"

"네, 저라면 양쪽 다 둘 수 있을 거 같네요."

김성용 8단의 알기 쉬운 해설과 부드러운 조혜연 2단의 진행 덕에 시간을 쪼개 연회홀을 찾아준 많은 바둑 마니아는 지루함을 느낄 겨를이 없었다.

"준고 초단 볼수록 대단하네요. 어제 패배의 여파도 없어 보입니다."

초중반에 접어들자 세력을 기반으로 한 준고의 기풍이 빛을 보였다. 비록 실리에선 뒤지지만 두터움을 한껏 활용하여 미생인 백돌을 공격하며 안영을 확보해 나간 덕분이다.

"이수 초단의 반격도 만만치 않은데요?"

"흠잡을 게 없는 응수타진입니다. 두 기사 어떻게 이렇게 잘 둘 수가 있죠? 정말 향후 세계 바둑을 이끌어 나갈 차세대 기사들의 대국이란 생각이 강하게 드는군요."

"기왕이면 그 기선 제압을 한국의 이수 초단이 해줬으면 하는 바람이네요."

바둑이란 스포츠를 떠나서 수와 준고의 대결은 한일전이나 다름없다.

중국한테는 져도 일본한테 져서는 안 된다는 의식이 우리의 골수까지 뿌리박혀 있다.

하물며 LIG배 기왕전은 한국에서 주최한 세계기전이다.

국내 기사가 아닌 외국 기사가, 그것도 일본 기사가 타이틀을 가져가는 건 주최 측과 기자, 심지어 팬들도 원치 않을 것이다.

바둑의 흐름은 중반에 접어들었다.

"우변의 백돌 석 점이 미생인 게 자꾸 걸립니다. 한 수 정도는 더 보강이 필요한 거 같은데, 이수 초단은 살 수 있단 자신이 있는 건가요?"

"말씀하시기가 무섭게 흑이 공격을 들어가네요."

"이거 진짜 위험하지 않나요?"

김성용 8단이 걱정스럽게 의문을 던졌다.

그만큼 백의 곤마는 위태위태해 보였다.

"위기에 봉착한 백, 과연 어떻게 수습을 할까요? 대국 보시죠."

5

'매섭게 치고 들어오는군.'

숨을 죽이고 있던 흑돌이 거센 폭풍처럼 휘몰아친다. 안 그래도 두터움을 유지했던지라 백돌을 공격하는 데 걸릴 게 없었다.

'살 수 있어.'

수는 흑의 두터움 너머에 있는 실낱같은 틈을 놓치지 않았다.

탁!

완고하게 느껴지는 흑의 세력을 흔든다.

맨땅에 헤딩 같아 보이는 수였지만, 곰곰이 생각을 해보면 허를 찌르는 맥점이다.

"……."

준고는 장고한다.

차분하고 정확하게 수읽기를 한다.

수는 수비 바둑이라고 평가했지만, 준고는 철저한 실전 바둑이다. 변칙수와 흔들기, 장난질이 난무하는 내기 바둑판에서 단단한 바둑이야말로 가장 승률 높은 기풍인 셈이다.

탁.

준고가 조용하게 받아친다.

수도 돌을 집었다.

'예상했던 반격.'

수도 힘껏 손을 뻗어 착점한다.

탁!

승률은 반반.

이제부터 수읽기 승부다.

6

"흑이 여길 틀어막으면서, 승부처가 됐습니다."

"미생인 백이 살 수 있을까요?"

"아무래도 우상변 귀에 패 맛이 있어서요. 최악의 경우 수상전이 될 공산도 큽니다."

해설을 맡은 김성용 8단은 잠깐의 숨을 돌릴 여유도 없었다.

루즈한 포석과 달리 중반 전투에 접어들자 흑과 백 모두 끝장을 보겠다는 각오로 치열한 공방을 주고받기 시작했다.

셀 수도 없이 많은 변화가 중첩되는 상황에서 시청자를 돕기 위해 수읽기를 하고 설명까지 해야 하다 보니 몸이 두 개라도 모자랄 지경이다.

"아! 역시 수상전에 돌입하네요."

"빅이 날 가능성은 없는 건가요?"

빅이란 흑과 백이 안형이 없이 살아 있는 형태를 뜻한다. 서로의 돌이 자충수가 되어 두지 못함으로 비긴 수로 여겨지는 것이다.

"좀 더 봐야 알겠지만, 어려울 것 같습니다. 근데 백이 여길 젖히면 어떻게 하죠? 흑이 한 수 부족한 거 아닌가요?"

"어? 어! 그런 것 같은데요?"

김성용 8단의 해설에 조혜연 2단도 동조했다.

아니다 다를까, 조금 전에 언급했던 곳에 백돌이 놓였다.

"이수 초단 침착합니다. 이 와중에 이런 예리한 수읽기라니요."

"올해 입단을 했다는 게 믿겨지지 않을 만큼 차분하네요. 꼭 몇 차례나 세계기전 정상을 노렸던 기사의 노련함이 느껴집니다."

수에 대한 찬사가 줄을 이었다.

과거 세계를 노렸던 원성진 4단이나, 조한성 9단 등 많은 기사가 있었지만 이처럼 완벽한 운영을 보여준 이는 없었다.

탁.

그때 흑돌이 놓였다.

아무도 두지 않는다는 1선에 끼우는 자충수를 둔 것이다.

"어? 어!"

김성용 8단의 안경을 고쳐 썼다.

너무나 어처구니가 없는 위치에 두어졌지만, 세계기전 결승전에서 그냥 두었을 리는 만무하다.

하물며 지금 흑이 놓은 곳은 그가 수읽기로 놓친 자리다.

차분하게 다시 수읽기를 시도했다.

머릿속의 공배를 흑과 백이 채워갈수록 그의 표정은 경악으로 물들어간다.

"어, 어떻게 이럴 수가 있죠? 말도 안 되는 수가 나왔습니다."

"묘수인가요?"

"여기요, 여길 이렇게 두면……"

뭔가에 홀린 듯 김성용 8단이 해설을 한다.

점차적으로 수순이 두어지자 여기저기서 감탄사가 터져 나온다.

프로 바둑기사라고 하더라도 열에 아홉은 놓칠 수밖에 없는 그런 신묘한 맥점인 까닭이다.

"타계책이 있을까요?"

"이수 초단에게는 미안한 얘기지만 제 눈엔 보이지 않네요."

김성용 8단은 비관적인 대답을 할 수밖에 없었다.

프로기전 해설을 맡은 지 무려 십 년 가까이 되었다. 그간 수백 판이 넘는 바둑의 중계를 맡았지만 이런 신수를 본 건 손으로 꼽는다.

'바둑 역사상 명선에 뽑히고도 남을 묘수.'

김성용 8단의 시선이 모니터에 비친 준고에게 향했다.

약관의 나이로 이런 수읽기를 할 수 있는 준고에게 경외감이 든다.

덩달아 세계를 향해 나아가고 있는 한국의 유망 기사들을 향한 걱정이 앞섰다.

'향후 십 년, 어쩌면 그 이상을 이 소년의 뒤만 쫓아야 할지도 몰라.'

7

'역시, 놓치지 않는구나.'

수의 입맛이 씁쓸해졌다.

방금 혹이 둔 신수를 수 역시 진즉에 읽고 있었다.

마음 같아서는 보강을 해두고 싶었지만 매 한 수가 중요한 시점에서 손을 빼기가 쉽지 않았다.

결국 어느 시점이 지나고 나서는 준고가 놓치기를 기대할 수밖에 없는 형국이 되었다.

하지만 수에 버금가거나, 혹은 상회하는 수읽기를 지닌 준고는 놓치지 않았다.

딱 한 곳, 이 판을 엎어버릴 신수를 발견해 냈으며 이어지는 수순도 완벽했다.

'역전은 무리.'

그 한 수로 인해 몸집이 불어난 백의 대마가 죽고 말았다.

우상귀의 패를 이겨 실리로 앞섰다곤 하나, 대마가 죽으며 입은 서른 집이 넘는 손해를 메우기엔 역부족이었다.

수는 아쉬움에 이를 악물었다.

할 만한 싸움이라고 생각했다. 그래서 과감하게 대처했다.

혹의 세력권이긴 했지만 약한 부분이 있어서 공략이 가능하다고 여겼다.

그러나 그게 패착이 되고 말았다.

'너무 자만했어.'

방심은 하지 않았다.

아니, 스스로 방심하지 않았다고 착각했다는 표현이 옳다.

조금 더 신중하고 조심스러웠어야 했는데 그러지 못하고 흑의 세력에서 패기를 부린 게 잘못이다.

또 있다.

수는 의식하지 못했지만, 입단 이후로 무패 행진을 달리며 축적된 자신감도 심리적인 방심을 이끌어내는 데 크게 한몫했다.

이 사소한 심리적인 요인이 바둑의 승패를 갈랐다고 봐도 무관하다.

"……졌습니다."

죽기보다 더 꺼내기 싫은 말이 수의 입에서 흘러나왔다.

"수고하셨습니다."

숙여진 준고의 고개 아래쪽으로 입꼬리가 비릿하게 말아 올라갔다.

명백한 비웃음.

그걸 알면서도 수는 묵묵히 돌을 치울 수밖에 없었다. 오늘의 패자는 수였기 때문이다.

8

"준고 씨, 이쪽 좀 봐주세요!"

"명선에 오르고도 남을 묘수를 두었는데, 처음부터 노리던 거였습니까?"

대국실 밖에서 대기 중이던 기자들이 밀고 들어와 준고를
겹겹이 에워싸며 질문을 던졌다.

승자에게 포커스가 쏠리는 건 당연한 일이다.

아쉽게도 오늘의 주인공은 준고였다.

스윽!

수는 조용히 자리에서 일어났다. 몇몇 기자와 눈이 마주쳤
지만 말을 걸어오진 않는다. 패자를 향한 작은 배려다.

"노리다니요? 전혀요. 그냥 수가 보이기에 뒀을 뿐이에요.
묘수라니, 가당치도 않아요."

가식과 위선에 절은 준고의 목소리를 뒤로하고 대기실에
들어왔다.

털썩!

소파에 몸을 맡기듯이 내던진 수가 차창 밖을 무심히 내려
다봤다.

"방심했어."

짧은 되새김질에는 뻔히 보고도 약점을 보완하지 못한 데
대한 자책이 담겨 있었다.

좀 차분하게 생각했으면.

상변의 젖힘을 포기하고 차라리 보강을 했다면.

많은 후회가 짧은 순간에 뇌리 속을 관통했다.

"에잇! 후회해서 뭐해? 다 잊고 내일 대국에 집중하자. 다

끝난 거 아니잖아?"

수는 고개를 치며 다 날려 버리고자 했다.

단판 승부가 아닌 자그마치 5연전이다.

1승 1패.

겨우 한 판 진 것 가지고 연연해할 이유는 없다고 스스로 다짐했다.

"……."

그러나 그게 마음먹은 대로 되지 않았다.

눈은 뜨고 있는데, 본인도 의식하지 않은 새에 정신을 놓은 듯 멍해진다.

머리로는 잊어야 한다고 다짐하는데, 가슴에 남은 멍울이 자꾸만 지워지지 않는다.

지이잉!

휴대전화 진동이 울린다.

수는 누군지 알 것 같다는 듯이 전화를 받았다.

"귀신같다니까. 위로해 주려고 전화했어요?"

―아닌데, 놀리려고 전화했는데?

원성진 4단은 대답은 장난스러웠다.

그러나 속내를 들여다보면 그렇지 않다.

패배로 인해 생긴 부담감을 조금이나마 덜어주고자 하는 진심이 담겨 있었다.

―아쉬웠다. 네가 그 수를 놓쳤을 리는 없고 종이 한 장 차

이였어.

"……"

수는 아무런 말도 하지 않았다.

아니, 말이 필요 없었다.

세상에서 유일하게 원성진 4단만이 수와 같은 레벨에서 대국을 보고 이해해 주고 있었다.

─다 잊어.

"그러려고요."

─못 잊으면 또 질 수도 있다.

대화는 딱 거기까지였다. 자기 할 말을 마친 원성진 4단이 전화를 끊어버렸다.

"이미 다 잊었거든요?"

수는 피식 웃으며 대기실을 나섰다.

대국실은 아직까지도 준고의 인터뷰로 북적거리고 있었다.

"신의 한 수라는 표현이 부족하지 않은 수였습니다!"

"이 기세로 자신감이 생겼을 기 같은데요. 제3국도 승리 예상하시는지요?"

"……"

수는 조용히 로열 스위트룸을 나섰다.

늘 주목을 받아왔던 터라 이런 쓸쓸한 퇴장이 제법 어색했다.

"괜찮아요?"

객실을 나와 복도를 걷는데 뒤쪽에서 익숙한 목소리가 말을 걸어왔다.

"김 기자님?"

짧은 단발이 참 잘 어울리는 여자 김수진 기자다.

"입단 이후 처음 겪는 패배죠? 뭐, 아직 진 건 아니지만."

"어쩌다 보니 그렇게 됐네요."

수의 대답에 김수진 기자의 말도 조심스러웠다.

"인터뷰하려고 말 건 거 아니에요. 오늘 대국은 다 잊고 내일 멋진 모습 보여줘요. 제가 수 씨, 응원하는 거 알고 있죠?"

"고마워요."

수는 거기까지 말을 하곤 돌아섰다. 엘리베이터를 타고 지하주차장으로 내려가며 생각했다.

"난 괜찮은데, 다들 왜 저러지?"

아직 승부는 끝난 게 아니다. 내일 있을 제3국에서 이기면 그만이다.

수는 아무렇지도 않았다. 물론 조금 전까지 만해도 빠져나오기 어려운 감정에 휩싸여 있었던 건 사실이다. 하지만 원성진 4단의 도움도 있었고 스스로도 침울한 마음을 떨쳐야 한다는 걸 알고 떨쳐 냈다. 한 번 기분전환을 하고 나니 오히려 자신을 걱정해 주는 호들갑이 이상했다.

그때까지도 몰랐다.

패배의 여파는 시간 차를 두고 찾아오는 것을.

이기는 법만 알았지, 지는 법을 몰랐던 수가 겪게 될 후유
증을 말이다.

9

다음 날.

호텔 최상층에 위치한 로열 스위트룸에는 어제와 마찬가
지로 수와 준고가 바둑판을 끼고 마주 앉아 있었다.

촤르륵!

돌을 가렸다.

어제와 반대로 오늘은 수가 흑을, 준고가 백을 쥐게 되었
다.

"잘 부탁드립니다."

형식적인 예의를 뒤로하고 흑을 잡은 수가 우하귀의 소목
을 두었다.

이어서 준고도 백돌을 집어서 좌상귀 화점에 착점한다.

서로가 바라는 큰 그림을 그리며 바둑판이 스케치를 해 나
갈 때였다.

탁!

백을 쥔 준고가 초반 포석 단계부터 도발적인 침투를 감행
했다.

'거길 들어와?'

수는 기분이 썩 좋지 않았다.

흑의 세력을 유린하듯이 지워 버리는 한 수다.

반대로 말하면 흑의 공격 따위는 무섭지 않다는 오만한 수이기도 하다.

'난전(亂戰)으로 가자 이건가? 좋아, 바라던 바야. 피할 이유도 없고.'

포석 단계에서 곧장 중반의 전투로 넘어갔다.

흑돌과 백돌이 어지럽게 뒤섞이면서 충돌한다. 그러다 뒷맛을 남겨놓고는 조용한 변이나 귀로 장소를 옮겨 다시 부딪친다.

흡사 바둑판 전체가 전쟁터로 변하고 말았다.

본격적인 난전이다.

바둑판 어디서 전투가 벌어지더라도 하등 이상할 바가 없다.

'수읽기라면 나도 지지 않는다고.'

수도 바라던 승부다.

10

"이거 진짜 정신이 없네요. 사방에서 전투가 벌어지는데, 어느 한 곳도 눈을 뗄 수가 없습니다."

해설을 맡은 김성용 8단은 정신이 없었다.

바둑판 전역 곳곳에서 산발적으로 부딪치는 전투의 변화를 해설하는 것만 해도 애를 먹는데, 소규모 난전이 큰 판의 흐름으로 이어지며 확장되니 해설하기 벅찰 정도였다.

"궁금한 게, 이 곤마는 큰 거 아닌가요? 흑과 백 왜 양쪽 다 취하지 않는지 궁금하네요."

"좋은 지적이에요. 우선 하변의 흑의 곤마만 해도 열 집이 넘습니다. 누구라도 취하고 싶은 곳이죠. 근데 아무도 두지 않는다? 후수로 열 집을 취하려다간 균형이 깨질 우려가 크기 때문이죠."

김성용 8단의 말대로 아마추어가 본다면 왜 저 곤마들을 제압하지 않는지 의문이 들 법할 상황이다.

그러나 단순히 말로 설명하는 것 이상으로 판세는 복잡했다.

한 곳에서 우위를 점한다고 해서 판을 잡기에는 무리다. 산재한 큰 곳들이 긴밀하게 연결되어 하나를 얻으면 하나를 버릴 수밖에 없는 구조다.

그 균형이 유지되기에 흑과 백 어느 쪽도 긴장의 끈을 놓을 수가 없다.

탁!

실시간으로 두어지는 대국의 상황을 모니터로 보던 김성용 8단이 의아함을 표했다.

"지금 백이 여길 끼운 건가요?"

"상당히 특이한 곳을 두었는데요. 수가 나는 곳인가요?

김성용 8단이 말이 없다.

손가락을 허벅지로 콕콕 누르는 걸로 보아 수읽기에 여념이 없는 듯 보였다.

꽤 긴 시간이 흐른 그가 말문을 열었다.

"잘 모르겠는데요? 이쪽 막으면 별 수가 나지 않질 않나요?"

"다른 노림수가 있는 게 아닐까요?"

"그럴 수도 있겠지만 지금 당장엔 아무 수도 안 날 거 같습니다만, 아! 혹시……."

"짚이시는 게 있으세요?"

"이 흑돌을 잡으려고 미리 팻감을 만들어두려는 건가요, 준고 초단."

상변에 위치한 흑 곤마의 사활은 아직 확실치 않다. 봉쇄를 당한다는 가정하에 사활을 걸고 패가 될 공산이 크다.

"정말 그렇다면 이수 초단 조심해야 합니다. 현재 팻감은 적게 잡아도 백이 두어 개는 많아 보이니까요."

진심 어린 김성용 8단의 조언을 받아 조혜연 2단이 마무리를 지었다.

"과연 흑의 선택은 어떻게 될까요? 대국을 보시겠습니다."

"왜 저길 둔 걸까?"

거실의 소파에 눕듯이 기댄 원성진 4단이 과자를 씹으며 의문을 던졌다.

그가 보기에도 준고가 지금 둔 수의 의중을 알 수가 없었다.

팻감을 위한 교환이 유력했는데, 그렇다 치더라도 교환자체가 무조건 백에게 손해인 까닭이다.

탁!

흑이 일단 받아주었다.

백의 의중을 파악하진 못했지만, 지금의 교환은 손해는 아니란 의미다.

얼마간 장고가 이어진다.

백돌이 다시 놓이며 장고를 깬다.

탁!

원성진 4단의 미간에 인상이 찌푸려졌다.

"거길 들여다 봐?"

흑의 약점을 들여다보며 응수를 묻는다. 꽉 이어준다면 가볍게 한 칸을 벌려 흑의 세력은 지우면서 모양의 안전을 찾겠다는 심산이다.

"당연히 반발하겠지."

원성진 4단의 예상대로 수는 반발했다. 가만히 이어주는 건 기분이 나쁘단 의미다.

탁!

손을 뗀 준고가 또 전혀 예상하지 못한 곳에 돌을 두었다.

"도대체 무슨 생각인 거지?"

좀처럼 그 속내를 알 수가 없다. 몇 번이고 검토를 해봐도 크게 의미가 있는 교환은 아니다.

"그냥 찔러보기식 교환이야. 대충 받아줘."

먼저 수읽기를 끝내곤 수에게 말을 하듯이 그리 중얼거렸다.

그러나 생각보다 수의 고민이 길게 이어졌다.

원성진 4단은 의아했다. 이렇게까지 제한 시간을 소비해야만 하는 상황인지 의문이 들었다.

탁.

장고 끝에 악수를 둔다고 했던가?

그냥 꾹 이으면 될 것을 반발하는 수를 보며 인상을 팍 썼다.

"아이 씨, 거길 젖혀야지 왜 느는데? 너답지 않게 참을 때랑 싸울 때를 왜 이렇게 구분 못해?"

답답한 마음에 원성진 4단이 닿지 않을 말들을 쏟아붙였다.

그를 압도할 정도로 정확한 수읽기가 장기인 수다. 그런데 어째서인지 지금의 대국은 그러한 장기가 녹이 슨 듯 빛을 보이지 못한다.

탁!

백이 상변의 흑 곤마의 모자를 씌었다. 여차하면 포위에 사활을 노리겠단 의미로도 해석이 된다.

"잠깐만, 뭔가 알 거 같기도 한데……."

원성진 4단이 놓치고 있던 뭔가를 느꼈다.

차분하게 이 십여 수 정도를 머릿속으로 되감기를 하며 그려봤다. 그 수순을 떠올려 보니 전혀 파악이 되지 않던 준고의 의중을 조금이나마 읽을 수가 있었다.

"이 새끼가 지금 판을 흔드네?"

안녕하세요, 김형석입니다.

이번 권으로 긴 병마에 시달리던 진서가 죽고 말았습니다. 어떻게 하면 그녀의 죽음을 좀 더 애틋하게 담을까 노력했는데, 전하던 바를 반도 글로 표현하지 못해 아쉬움이 남네요.

어쨌든 진석의 죽음으로 인해 수에게 새로운 능력이 생겼습니다.

어떤 능력을 선택하여야 할지 고민이 컸었으나 제가 조금이나마 잘 알고 제 경험을 바탕으로 써야 맛이 살 거 같단 생각이 들어 선택을 하게 되었습니다. 최대한 즐거운 이야기를 전해드리고자 노력하겠습니다.

아!

더불어 프로그램명이나 연예인 이름 등 많은 오마주가 등장합니다. 몰입에 방해가 되지 않는 선에서 소소한 유희거리로 봐주시면 감사하겠다는 말씀도 더불어 드리겠습니다.

이제 내일을 향해 쏴라도 반환점을 돌아 완결을 향해 쭉쭉 나아가고 있습니다.

눈앞에 닥친 하루를 살기도 버거워하던 수도 점점 자신을 돌아볼 여유가 생기기 시작했네요.

우리도 각박한 하루에 단 몇 분이라도 잠시 뒤를 돌아보았으면 하는 바람입니다.

감사합니다.

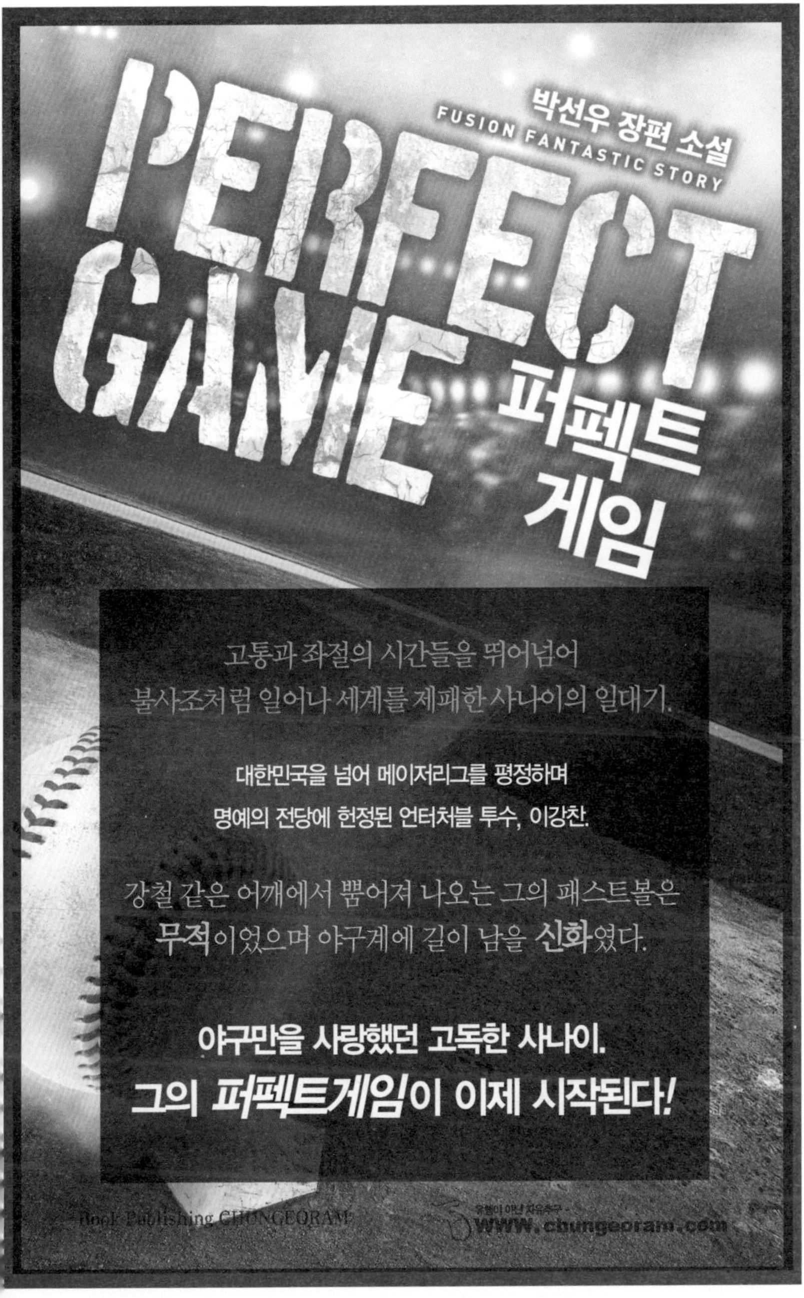
PERFECT GAME
박선우 장편 소설
FUSION FANTASTIC STORY
퍼펙트 게임
고통과 좌절의 시간들을 뛰어넘어
불사조처럼 일어나 세계를 제패한 사나이의 일대기.
대한민국을 넘어 메이저리그를 평정하며
명예의 전당에 헌정된 언터처블 투수, 이강찬.
강철 같은 어깨에서 뿜어져 나오는 그의 패스트볼은
무적이었으며 야구계에 길이 남을 신화였다.
야구만을 사랑했던 고독한 사나이.
그의 퍼펙트게임이 이제 시작된다!
Book Publishing CHUNGEORAM
www.chungeoram.com

현대 소환술사

THE MODERN SUMMONER

FUSION FANTASTIC STORY

현윤 퓨전 판타지 소설

하늘이 무너져도 솟아날 구멍은 있다!

드래곤의 실험으로 모진 고난을 겪어야 했던 레비로스!
우여곡절 끝에 소환술사가 되어 최강의 자리에 오르지만
운명은 그를 나락으로 떨어뜨린다.

『현대 소환술사』

다시 한 번 주어진 삶!
그러나 그마저도 암울하기 그지없는데……

소환술사 레비로스의
인생 역전이 시작된다!

Book Publishing CHUNGEORAM

성운을 먹는 자

김재한 퓨전 판타지 소설

『폭염의 용제』, 『용마검전』의 김재한 작가가 펼쳐 내는
이제까지와는 전혀 다른 새로운 이야기!

『성운을 먹는 자』

하늘에서 별이 떨어진 날
성운(星運)의 기재(奇才)가 태어났다.

그와 같은 날,
아무런 재능도 갖지 못하고 태어난 형운.
별의 힘을 얻으려는 자들의 핍박 속에서 한 기인을 만나다!

"어떻게 하늘에게 선택받은 천재를 범재가 이길 수 있나요?"

"돈이다."

"…네?"

"우리는 돈으로 하늘의 재능을 능가할 것이다."

Book Publishing CHUNGEORAM

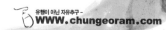